Sonya
ソーニャ文庫

愛に蝕まれた獣は、執恋の腕で番を抱く

宇奈月香

イースト・プレス

contents

序章　出会い

小さくて綺麗な子。

それが、ジルベールに抱いた印象だった。

自分みたいにひょろりと縦に長くはない。手も足も顔の大きさも、全部が理想的だった。

世界中の光を集めたような金色の髪に、今日の空みたいな蒼穹《そうきゅう》の蒼《あお》をその目に閉じ込めた男の子。本当に生きているのかと目を疑うほど完成された造形美に、レティシアはひと目で心奪われた。

地上に天使が舞い降りたら、きっと彼みたいな姿をしているのだろう。

初夏の陽光の下、肩よりもまだ少し長い金色の髪は、錦糸《きんし》みたいに艶《つや》めいている。

マルシェリー公爵令嬢《こうしゃくれいじょう》レティシアはこの日、レグティス国第一王子と許嫁《いいなづけ》の関係になった。

「お目にかかれて光栄です。殿下《でんか》」

習ったカーテシーで挨拶をすると、ジルベールはお手本のように完璧な微笑を浮かべた。

「初めまして。レティシアと呼んでも？　僕のことはジルベールと呼んでほしい。これからよろしくね。いい関係になれるといいな」

光が零れ落ちるような綺麗な笑顔に、その場にいる者すべてが魅了された。

本当に神はなんてものを地上に遣《つか》わしたのか。

ジルベールはまだ十歳だが、すでに基礎課程は修了しているというのだから舌を巻く。

剣の腕も立ち、高貴な身分でありながらも公平さを忘れないジルベールは民からも人気があり、加えてこの美貌《びぼう》だ。

幼少ながら次代の王はジルベール以外いないと言わしめる力を有する彼は、生まれながらにして完璧だった。

そんな人の許嫁が自分でいいのか、父から話を聞かされてからもレティシアは不安だった。

レティシアの生家は公爵家。

王家と婚姻《こんいん》を結ぶに遜色《そんしょく》はないが、肝心《かんじん》のレティシアには彼のような秀でたものはない。

ただ年齢が近いというだけで選ばれたのなら、これほど虚《むな》しいことはなかった。

（神様の意地悪）

せめて、ジルベールと並んでも釣り合いがとれる背格好だったらよかったのに。

（どうして、私の背はこんなにも高いの）

レティシアは年頃の子どもたちに比べて、頭一つ分だけ大きい。身体の線は細いが、ひょろりと縦に細長かった。

「お前は、小さい頃の姉に本当にそっくりだ」

嫌悪がこもった父親の声は、レティシアを傷つけた。祖父母や叔父までも口を揃えるほど、レティシアは伯母に似ているという。顔立ちはもちろん、成長過程もそっくりなのだとか。

幼い頃からやたら背の高かった父親の姉は、物怖《ものお》じする性格だったこともあり、引っ込み思案で、社交界に向かない人だった。

それでも公爵令嬢だったこともあり、名のある貴族と結婚はしたが、相手は数年もしないうちに愛人を作り、やがて離縁された。跡継ぎとなる子どもを生めなかったことで出戻ってきた彼女に居場所はなく、今は年老いた貴族の世話をしているという。

父は、そんな伯母を見下していた。

見た目は似ていても、性格が違っていれば、話が変わっていたのだろうが、レティシアもまた臆病《おくびょう》で、人の輪に入ることが苦手だった。

器量も悪く、子どもらしい陽気さもないレティシアを母は何かとかばってくれたが、病気がちな弟が生まれてからは、そちらにかかりきりになった。

すると、ますます父の関心はレティシアから離れていった。

しかし、半年前。第一王子の許嫁候補に指名されたことで、環境は一変した。おざなり程度だった淑女《しゅくじょ》教育に父は突如《とつじょ》熱を入れ出し、何人もの教師がつけられた。来る日も来る日も座学にテーブルマナーの勉強、歌やダンスの練習ばかり。レティシアの一挙一動に父の叱責《しっせき》が飛ぶようになった。

相手はジルベールだ。末は王太子、国王になる者とあらば、是が非でも許嫁の座を手に入れたいと思うのは当然だろう。

とりわけ、父のように野心が強い者には願ってもない機会だったに違いない。

父がどういう手を使って、許嫁の座を射止めたかは知らない。

だが、父の期待に応えることができれば、もっと家族に受け入れてもらえるかもしれないという期待がレティシアを支えていた。

父に認められたい。

自分も弟のようにみんなから愛されてみたかった。

けれど、いざ大舞台に立つと、緊張で足が震えてしまう。初めて目の当たりにしたジルベールの美しさは、想像以上だった。

(こんな方がいらっしゃるのね)

とても、同じ人間だなんて信じられない。

数え年こそ彼が一つ上だが、誕生日は三日違い。

ジルベールはこの婚約をどう思っているのだろう。

母のお茶会に連れて行かれても、たいがいの令息たちは、面白くなさそうな顔をするのに、ジルベールの表情は微笑を保っている。

笑顔の裏ではどんな思いが渦巻《うずま》いているのか。

(怖いな)

けれど、恐ろしくても、見ていたい不思議な魅力がジルベールにはあった。だが、今はそんな無作法は許されない。

挨拶が終われば、また視線を下げた。必要以上に王族を見ることは許されないことだからだ。

(私、どこも間違っていないわよね)

レティシアのおどおどした性格も相手を苛立たせると、父は言う。

（どうせなら、リュカ様の方がよかった）

ジルベールには腹違いの弟リュカがいるのだか、今日のこの場に、彼の姿はなかった。

年齢だけで言うなら、リュカとは同い年になる。

両親にすら期待されていないのだ。いずれ王太子になるジルベールの妻という重責を担う自信など、あるわけない。それならば、第二王子妃でいた方が精神的に穏やかでいられるというもの。

そっと辺りをうかがってみるが、レティシアの家族と国王夫妻、あとは使用人だけだ。

「レティシア、きょろきょろと何を探しているんだい？」

「も、申し訳ありません」

ジルベールの声に、レティシアは反射的に謝罪の言葉を口にしたが、頭の中は真っ白になっていた。

彼は今、無作法を指摘したのではないか？

大事な場で失態を犯すなど、あってはならない。そんなことをすれば、父から公爵家の令嬢として振る舞うことすらできないのか、と叱責される。

（どうしよう――っ）

「もしかして、リュカを探してるの？」

「……え？」

ジルベールの声に、唖然《あぜん》となった。

あんなわずかな仕草で的確にレティシアの気持ちを言い当てたことに驚いた。

（なんて聡い方なの）

思わず、顔を上げて食い入るようにジルベールを見てしまった。

そんなレティシアの様子に、いよいよ父が片眉を動かした。それが、機嫌を損ねたときに見せる父の癖だと、レティシアは嫌というほどよく知っている。

「そうなのか？」

「……は、はい」

ばれてしまった以上、隠すこともできず、レティシアは頷いた。できるだけ平静さを保つことだけで精一杯だった。

伸びてきた父の手にも、びくつく身体をすんでのところで堪えた。代わりにぐっと奥歯を噛みしめる。

「リュカ様は、こちらに来られる前に熱を出してしまったんだ」

だが、父の手はレティシアをぶったりしなかった。優しい仕草で頭を撫でられ、ほっとするも、父がくれる優しさが不気味だった。

「そ……うだったのですね。早くお元気になられることをお祈りしております」

レティシアの弟も、よく熱を出して寝込んでいる。ふくふくした頬を真っ赤にさせながら、ふうふうと浅い息使いで苦しむ姿は見ている側も辛い。今日も本当なら弟も参加するはずだったのだ。だから、どうしても人ごとには思えなかった。

手を胸の前で組み、国王にお見舞いを告げた。

「そなたはとても素直でよい子だ。リュカとも機会があれば遊んでやってくれるか？」

「もちろんです」

笑みを浮かべて答えると、周りにいた大人たちは楽しげに笑った。

（よかった。これで殿下へのお目通りは終わりよね）

レティシアとしては、これ以上失態を上塗りする前に一秒でも早くこの場から立ち去りたかった。

ほっとしたのも束の間。

「ジルベール、レティシアに庭を案内してあげなさい」

「はい、父上。レティシア、こっちだよ」

差し出された白い手袋をした手は、レティシアとさほど大きさが変わらない。汚れ一つ

ない手袋は綺麗だったが、これは新たな苦難への誘いでもあった。

ちらりと隣に立つ父親をうかがい見た。

「行ってきなさい」

「……はい」

何食わぬ顔で、父が告げた。

背中を押され、ジルベールの手を取った。

「よろしくお願いします」

緊張で少し声が上ずってしまった。

そんなレティシアに綺麗な微笑を浮かべるジルベールに手を引かれ連れて来られたのは、植木が作る幾何学《きかがく》模様が美しい中庭だった。

「わぁぁ……、綺麗」

「気に入ってくれた？　ここは僕のお祖母様が大事になさってたお庭なんだ。お祖父様と結婚したときに贈られたんだよ」

「素敵な贈り物ですね！」

「レティシアも結婚したらこんなふうなプレゼントが欲しい？　それとも宝石やドレスの方がいいのかな？」

視線を中庭からジルベールに向ける。彼はじっとレティシアを見つめていた。

レティシアは少し考えてから「よく分かりません」と答えた。

「それは想像できないということ？　それとも欲しいものが思い浮かばないのかな」

「どちらもです。だって、ずっと先のことなんですもの」

もしかしたら、レティシアとは結婚しないかもしれないではないか。

両家が認めた許嫁の関係が、簡単に破棄《はき》されることはないだろうが、ジルベールの前に心から愛する人が現れる可能性は十分にある。

むしろ、現れてほしい。

素敵な王子様に手を引かれ、煌びやかな王宮で綺麗なドレスをまとうことに憧れがないとは言えないが、自分の未来として想像することができなかった。

そういうことは、もっと自分に自信がある令嬢がすればいい。

「レティシアは、僕が許嫁だと嫌なの？　本音はリュカの方がよかったかな」

「え？」

まるでレティシアの心を見透かしたような言葉に、内心ドキッとした。

「さっきリュカのことをたずねてたのは、そういうことじゃないの？」

聡い彼は、レティシアの不安をすでに悟ってしまったのだろう。

「あ……、の。それは」

うろたえるほど、言葉が出てこない。これでは彼の言葉が事実だと認めているようなものだ。

不愉快にさせてしまっては、許嫁の関係を解消されるかもしれない。

そうなれば、父だけでなく、母からも愛想を尽かされてしまうに決まっている。

なんの役にも立たないと諦められてきたレティシアが、やっと家のためにできることが見つかったのだ。

(謝らなくちゃ)

そして、婚約関係を続けてもらわなければ。

ぎゅっとドレスの裾《すそ》を握りしめた。

「ごめ……」

「そうだ。ここよりいい場所があるんだ」

謝罪を口にしかけたレティシアの声に被せるように、ジルベールが提案してきた。

「え?」

レティシアの無礼をまったく気にしていない様子に戸惑う。

「いい場所ですか?」

同じ過ちを繰り返さないよう、言葉選びも自ずと慎重になった。

のぞき込んだジルベールがにこりと笑った。

「来ればわかるよ。行こう！」

そう言うや否や、また手を取られた。中庭を横切り、森へと入って行く。

「森の中なんですか？」

「王家所有の場所なんだ」

初めて足を踏み入れた森は、王家が管理しているだけあり、手入れが行き届いていた。程よく間引きされた木はどれもまっすぐ空へ伸びていて、梢からこぼれる陽光のおかげで奥へ進んでも明るい。ところどころに血のように赤いバラが咲いていた。

見たことのない赤さにレティシアの目はつい釘付けになった。

「あぁ、それは、この辺りに自生しているバラだよ」

野バラよりも大きく、庭師たちが丹精《たんせい》込めて育てているもののような繊細《せんさい》さはないが、色味の濃さと香る花の匂いは他にはないものだった。

「ジルベール様、あまり遠くへ行くと戻れなくなりませんか？」

レティシアが森へ入るときは、必ず大人と一緒に行くよう言いつけられていた。

森には、まだレティシアが知らない生き物や危険な植物がたくさん生息しているからだ。

だから、決して子どもだけでは入ってはいけないと、強く言い含められていた。

「大丈夫。ここは僕の庭みたいなもんなんだ」

得意げに言われれば、それ以上反論することはできなかった。ジルベールの機嫌も損ねたくなかった。

完璧な彼が大丈夫と言うのなら、きっとそうなのだろう。

しばらく黙ってついていくと、遠くの方できらきらと光るものが見えてきた。

「わ……ぁ」

森が切れると、ジルベールの瞳と同じ色をした丸い湖が広がっていた。

水面には周りの景色が鮮明に映り込んでいて、湖全部が一枚の大きな鏡みたいだ。

ブナやカエデの木が湖を囲うように生えている。秋になれば、それは素晴らしい紅葉の景色になるに違いない。

白い鹿でも出てくれれば、まさに物語の一場面になりそうな光景だった。

「なんて綺麗なの。私、こんな美しい湖を見たのは初めてです!」

中庭の人工的な美しさも素晴らしかったが、自然が作り出した雄大《ゆうだい》な美にも圧倒された。

「喜んでもらえてよかった。僕の一番のお気に入りの場所なんだ。まだ誰にも教えていないんだよ」

「そのような大事な場所を私に教えてくださってもよかったのですか？」

問いかけると、ジルベールが思わせぶりに目を細めた。

「君は特別」

ジルベールの特別。

なんて素敵な言葉だろう。

誰にも期待されずに育ってきたレティシアにとって、ジルベールがくれた言葉が心を揺さぶった。

許嫁になることに不安を覚えていたことなんて忘れてしまうくらい、嬉しさがこみ上げてきた。

「わ、私も！　ジルベール様は特別ですっ」

興奮した声に、ジルベールが満足そうに頷いた。

「ねぇ、レティシア。せっかくだし、ここで少し遊ばない？」

「はい！」

勢いよく答えてから、「あ……」と言葉を詰まらせた。

よくよく考えてみれば、レティシアは友達と一緒に遊ぶことをあまりしたことがなかった。

「あ、の……、何をなさいますか？」

ジルベールが望む遊びができるだろうか。どうか、レティシアも知っている遊びにしてほしい。

「そうだな。レティシアは〝おおかみとうさぎ〟は知ってる？」

初めて聞く遊びに、レティシアは絶望的な気持ちになった。

申し訳なさにうなだれながら、力なく首を横に振る。

「一人がおおかみ役になり、隠れているうさぎを探すんだ。森に住むおおかみはいつも空かせている。うさぎを食べてやろうと近づいたんだけど、うさぎは機転を利かせておおかみから逃げる。〝美味しく食べられる準備をするまで待って〟と言ってね。最後まで、見つからずにいられたらうさぎの勝ちというゲームさ。おおかみが〝お腹が空いた〟と言うのに対し、うさぎは準備をしているからと返す。例えば〝おおかみさんに美味しく食べてもらえるように毛並みを整えているんです〟とかね。声が聞こえなくなったら、おおかみはうさぎを探す。森の中でする隠れんぼみたいなものだよ」

動物に例えた配役名がとても可愛い。

ジルベールはおおかみ役には随分と綺麗すぎるが、自分がうさぎ役になれるのかと思うと、俄然やる気になった。

「やりたい！」

即答すると「決まりだね」とジルベールがくすりと笑う。

一つ年上なだけなのに、彼の仕草はとても大人びていた。他の令息たちにはない何かに心はときめく。

誰かと一緒に遊べる期待にレティシアの胸ははち切れんばかりに膨らんでいた。

「隠れる場所は、――そうだな。最初だから湖周辺にしようか。あまり奥へ行ってはいけないよ。一応これ以上立ち入らないようにと柵はあるけど、目視で湖が見える範囲までにしよう。もし、万が一、道に迷ったら避難所代わりの小屋がいくつか建っているから、そこで待っていて。ほら、ここから見えるだろう？　あの赤い三角屋根の丸太造りの建物がそうだ」

ジルベールが指さした方向には、木のすき間から赤色が見えていた。

「万が一って、どんなときですか？」

緊張が少しほどけたせいか、気持ちが遊ぶことに夢中になっているせいか、レティシアは口調が崩れていることにも気づかなかった。

「お腹が空いたとか、虫に刺されたとか。あとは君が隠れるのがうまくて、僕が見つけられなかったときかな。降参《こうさん》したときは、僕があの建物の中に入って警笛《けいてき》を鳴らすよ」

レティシアは垂れ目がちな顔立ちのせいか、おっとりしていると思われがちだが、隠れんぼは弟と何十回もしている。

ジルベールには申し訳ないが、負ける気がしなかった。

「それじゃ、きっと次にお会いするときは小屋の中ですね」

胸を張ると、ジルベールは「へぇ……」と意味深な表情になった。

「じゃ、数えるよ。〇まで数えたら探すから。……十、九、八」

始まったカウントダウンに、レティシアは急いで身を隠せる場所を探した。

どこにでも隠れられそうだと思っていたが、意外と森の中は難しかった。

木の幹に隠れようにもスカートの膨らみがはみ出してしまう。かと言って、茂みに隠れる勇気もない。

虫は大嫌いだし、植物が毒を持っているかもしれないからだ。うっかり触ってかぶれでもしたら大変だ。

(どこかいい場所はないかしら)

安全に身を隠せる場所。

思案し、「あ！」と最高の場所を思いついた。

ジルベールが教えてくれた赤い屋根の小屋だ。

あそこならレティシアを怯えさせる虫もいなければ、かぶれるような植物もない。

きっとジルベールも、最初から小屋に隠れているなんて思いもしないに違いない。

ジルベールが木の幹に顔を伏せているのを確認すると、レティシアは足音を忍ばせながら、でも足早に小屋へ向かっていった。

途中、「あぁ、お腹が空いたな」と聞こえてくる声に、「ま、まだ顔を洗ってるの！」と返した。

すると、すぐに「あぁ、お腹がぺこぺこだ」と聞こえる。

「毛並みに櫛を通しているの！」

次はどんな言葉を言おうか、ジルベールとの言葉のかけ合いにも心躍った。

何十回もしている隠れんぼとは違う。

ジルベールとする遊びに心は弾んだ。

徐々に彼から遠ざかり、目的の小屋を見つけた。

（ここね）

丸太造りの小屋の扉を開いて、中に入る。鍵はかかっていなかった。

避難所代わりだと言っていたから、常に鍵は開けてあるのだろう。

中はこぢんまりとしていたが、定期的に人の手が入っているのか、埃っぽさもなく、整理されていて綺麗だった。

木製のテーブルセットに、ハンモックが一つ。暖炉《だんろ》もあった。

壁には猟銃が掛けられている。

(どこに隠れようかしら?)

部屋を見回し、隠れ場所を考える。迷った末に、ハンモックに包まってジルベールが降参の警笛を鳴らしに来るのを待つことにした。

潜り込むと、ゆらゆらと左右に揺れる。

王族が使うことも想定しているだけあり、ハンモックの寝心地は最高だった。肌触りがいいだけでなく、包まっているととても暖かくて安心する。

「ふ……あぁ――」

今日は、朝から緊張していたせいか、今になってどっと疲れた出てきた。

(ジルベール様が許嫁でよかった)

こんなに楽しい気持ちにさせてくれるのだから、きっと結婚もうまくいくはず。

絶妙な揺れが、眠りを誘う。

(ジルベール様、早く……見つけに来て……くれない、か……な)

「――ッ!!」

次の瞬間、レティシアは地響きを伴う轟音《ごうおん》で目が覚めた。

(な、何!?)

唐突に、何かが地面に落ちた。

まだ半分寝ている頭でわかったのは、それだけ。

寝ぼけ眼のままハンモックから顔を出すと、辺りは薄暗く、窓を雨風が叩いていた。

(嘘、私寝ちゃったの!?)

急いで床に降りて窓に近づくが、外はひどい天気だった。空は重たい雨雲が切れ間もないほど、すき間なく覆《おお》われていた。

どれくらい眠っていたのだろう。

薄暗さに覚えたのは、恐怖だった。

「そ……うだ、ジルベール様は？」

部屋を見回すが、小屋にはレティシアしかいない。

(嘘でしょ。ジルベール様が来てない……？)

万が一のことがあれば小屋にいるように言ったのは、彼だ。今が、非常事態であることくらいレティシアにだってわかる。

なのに、そう告げた当人が来ていないのだ。

彼はどこにいるのだろう。

レティシアを見つけてくれたのだろうか？

それすらもわからないくらい、レティシアは深く眠ってしまっていた。

一人屋敷へ戻ってしまったのだろうか？

（そんなこと——ジルベール様はしない）

少しの時間しか共に過ごしていないが、彼がとても紳士的で頼もしく、優しい人なのは十分伝わってきた。そんな彼がレティシアを森の中に置いて帰るわけがない。

だとしたら、残る可能性は一つしかない。

最悪の予想に、ぶるりと身震いした。

ジルベール様は、いずれこの国の太陽となる人だ。

彼の身にもしものことがあれば、レティシアはもちろん、家族も無事ではすまない。

（探しに行かなくっちゃ！）

外は暴風雨。けれど、ためらうわけにはいかなかった。

扉を開けた瞬間、風が強く吹いた。

「きゃあ！」

派手な音を立てて、扉が外壁に激しくぶつかった。とっさに手を放していなければ、大惨事になっていただろう。

一瞬の判断の誤りが命取りになる。

あっという間の出来事に血の気が引いていく。蒼白になりながら、レティシアは雨の中へと飛び出した。

「ジルベール様！」

声を張り上げ、ジルベールを探し歩いた。

わずかな揺らぎもなく水平に凪いでいた湖が、風に煽られ波立っている。轟々と鳴る風に右に左に揺れる木々は、もがき苦しむものにも見えた。

あんなにも美しかった光景が、今は地獄絵を見ているようにおどろおどろしい。

自然が見せる慈愛と無情さが、心底恐ろしかった。

途中、何度も身体が横なぐりの強風に煽られた。

いくら背が高くとも、所詮《しょせん》は子ども。身体を支える足の力も、雨風をしのぐ術もない。

それでも、腕で雨を遮り視界を確保しながら、必死でジルベールの名を呼び続けた。

「ジルベール様、いたら返事をして！」

どうか屋敷に戻っていてほしいと願う一方で、置いていかれたかもしれないという寂しさが交錯する。

「ジルベール様――ッ」

駄目だ。レティシアの声は発した直後から、雨と風にかき消された。

これではいくら呼びかけたところで、ジルベールには届かない。

(どこにいるの？　どうして、起こしてくれなかったんですか……？)

悪天候に体力だけでなく、気力も削がれていく。

一番見つかりにくいだろう場所に隠れたのは、ほかでもないレティシアだ。

まさかこんなところにいるはずがない、と人が思う場所だったからこそ、ジルベールもレティシアに気づかなかったのだろうか。

ジルベールを悪く思いたくなかった。

かりに悪天候で屋敷に戻らざるを得なくなったとしても、彼ならきっとこのことを大人に告げてくれるだろう。そうすれば、誰かが必ず探しに来てくれる。

今夜は、婚約を祝う内輪だけのパーティが開かれる予定になっていた。

もしジルベールが話さなくても、両親はレティシアがいないことに気づくだろう。

(今、何時なの？)

小屋を出たときは、まだ周りが見えていたものの、どんどん薄暗くなってきていた。

雨はいつから降り出したのだろう。

日も暮れて、視界も足元も悪い。

状況は最悪だった。

雨風に揺れる木が、レティシアをあざ笑うかのように枝を揺らしてしなっている。森を抜ける風が、地響きみたいな不気味な呻き声にすら聞こえてきた。

森には、レティシアの知らない生き物がたくさんいる。

（怖いよ……）

どれくらい、悪天候の中で歩き回っただろう。

今日の日のためにと新調したドレスが雨を吸って重たい。ぴかぴかだった靴も泥だらけだった。

「きゃあ！」

気を抜いた拍子に、地面からせり出していた木の根につまづいてこけた。

泥と落ち葉まみれになったドレスは、悲惨なことになっている。すりむいた手のひらが痛かった。

（もうやだ――）

「……お父様、お母様ぁ――っ!!」

これ以上は頑張れない。

誰でもいい。誰か、助けて。

耐えきれなくなって、レティシアは声を上げて泣き出した。

けれど、泣き声は誰にも届かない。涙よりもたくさんの雨粒が、容赦なくレティシアの頬を打った。

ジルベールを探すことに夢中になりすぎて、湖もいつの間にか見えなくなってしまっている。小屋の場所も覚えていない。道しるべも、ランプもない森で、レティシアは迷子になってしまっていた。

『いいかい、レティシア。迷子になったら決して動いてはいけないよ。必ず父様と母様が見つけてあげるから。いいね』

どこにいるの？　レティシアはここにいるのに！

早く、見つけに来て。

こんな暗い森なんて大嫌い。

そのときだった。

稲妻が、轟音と共に空を切り裂くように走った。辺りが強烈な光に包まれる。

（あ……っ！）

一瞬、明るくなった先で、レティシアはジルベールを見た気がした。

「ジルベール様！」

声を張り上げるも、彼には届いていない。

レティシアは急いで立ち上がり、ジルベールを追いかけた。

「待って、ジルベール様っ!!」

彼もまたレティシアを探しているに違いない。

（一人で帰ったわけじゃなかったんだ）

言いようのない喜びが胸に広がった。寂しさに押しつぶされそうになっていたところで見つけたジルベールの姿は、レティシアが見つけた一筋の光そのものだった。

早く追いついて、大丈夫だと伝えたかった。

だが、泥濘《ぬかる》んだ獣道では、思うように走れない。

しばらくすると、また彼を見失ってしまった。

（どこに行ったの？）

周囲をうかがっていると、また稲光が走る。

（いた！）

彼は、手に何かを持って巨木の前に立っていた。

(何をしているの?)

　すると、再び稲光が走る。

周囲が明るくなったことで、彼が見ている先に穴蔵《あなぐら》らしきものが見えた。巨木の根が、穴の縁を囲うように這っている。

ジルベールは手に持っていたものを穴蔵の中に放り込むと、辺りを見渡し足早に去っていく。周囲を警戒しているかのような仕草に、レティシアはとっさに物陰に身を隠してしまった。

その様子は、レティシアを探しているふうには見えなかった。

ジルベールがいなくなると、レティシアが穴蔵へ近づいた。遠目ではわからなかったが、穴は石でできていた。

(洞窟?)

よく見れば、木材で補強されている。ここは鉱石の採掘場の跡なのかもしれない。

中は奥行きがあり、雨とは違う異臭がした。

粘膜《ねんまく》にこびりつくようなひどい臭いだ。

(何かが腐ったような、嫌な臭い)

こんなところでジルベールは何をしていたのだろう。中を見るが、彼が放り投げたものは見当たらなかった。

その代わりに、ゴリ、ゴリ……、と不気味な音が奥から聞こえてきた。硬いものを無理やりかみ砕いている。合間にはクチャ、クチャと弾力性のある音もした。甲高い鳴き声は獣のものに似ていた。

何かがいる。

恐怖を感じた瞬間、危険を察した身体は緊張で強ばった。

(獣なの……?)

そのときだった。

「きゃ!」

穴蔵の奥から、レティシア目がけて何かが飛んできた。顔に当たった拍子に、水滴がかかる。一瞬だったが、当たったのは被毛《ひもう》の感触だった気がする。

(何――)

身体をすくませた直後だ。

稲光が周囲を照らし、ぶつかったものの正体を明らかにした。

それは、首だけになったうさぎだった。

「き……やぁぁぁ――っ!!」

ならば今、レティシアの顔にかかったのは、うさぎの血だ。

絶叫し、レティシアは服の裾で顔を拭う。

(な……んでっ)

獣が食べていたものこそ、ジルベールが投げ入れたものに違いない。彼は、奥にいる獣のために餌を取ってきたのか。

これ以上は知ろうとする勇気がなくて、一歩後ずさった。

穴の奥の気配が揺れたのは、そのときだった。

闇の中に、一対の光るものが見えた。

目だ。赤い目がレティシアを見ている。視線の高さは、レティシアとさほど変わらない。

やがて、それはゆらりと姿を現した。

(大きい)

その姿は、人にも似ているが、人間には被毛の尻尾はない。

狼とも野犬とも違う生き物が後ろ足だけで立っていた。皮と骨だけになったやたらと長く細い四肢《しし》のハイエナに似た顔つきの獣は、口から細長い舌と涎を垂らしていた。

全身から放たれる猛烈《もうれつ》な異臭に鼻がもげそうになる。

(ゲルガ……)

図鑑でしか見たことのない獣の生息地は、熱帯雨林だったはず。

冷帯気候であるレグティス国には、存在しないはずの生き物だ。

ゲルガは、緩慢な動作で前脚を下ろし、レティシアを見ながら首を傾けた。真横に傾く顔に覚えたのは、底知れぬ恐怖だけ。

(逃げ……なくちゃ)

ぐずぐずしていたら、餌食になってしまう。

ゲルガを刺激しないよう、ゆっくりと後ずさった。すると、ゲルガも一歩、一歩とついてくる。雷鳴が轟いた次の瞬間、レティシアは一目散《いちもくさん》に逃げ出した。

「ガ、アァァ――ッ」

長い四肢を動かし、ゲルガが追いかけてくる。

ぎょろりとした目、突き出たマズルからはむき出しの歯が見ていた。

ゲルガは知能こそ高くないが、警戒心が強く、用心深いが、執念深くもある。群を成して暮らしているが、追いかけてくるのは一匹だけだ。

突如、後ろでした地面に倒れ込む音に振り返れば、ゲルガがこけていた。見れば前脚がおかしな方向へ曲がってしまっている。

彼らが群で暮らさなければならない理由の一つが、その魯鈍さであった。長すぎる手足を彼らはうまく扱いきれていないからだ。

このゲルガも、満足に餌にありつけていなかったのだろう。

ゲルガの身体は骨と皮しかない。

だが、可哀想だとは思えなかった。

逃げなければ、食われてしまうからだ。

彼らは、体形には恵まれなかったが、嗅覚《きゅうかく》は優れていた。犬の三十倍とも言われている彼らの嗅覚にかかれば、雨で洗い流された程度のうさぎの血なら容易に嗅ぎ分けられるということだ。

なんとしてでも、レティシアを食いたいに違いない。

なぜなら、レティシアはうさぎよりも大きく、鹿よりも遅い。捕まえるには打ってつけの標的に違いなかった。

途中、片方脱げた靴を拾う余裕などなかった。

生き残るために、がむしゃらになって森の中を走った。

先に根を上げた方が死ぬのだから、お互い必死だった。

脚も顔も、体中が泥と雨と涙でぐちゃぐちゃになりながら走る。息が上がる。視界も狭まってきた。

（だ……れか、助け――て）

ゲルガには弱点があったはずだが、どうしてもそれが思い出せない。

徐々に、でも確実にゲルガとの距離が縮まっていた。

直ぐ後ろで足音がする。

ゲルガの息遣いまでもが感じ取れるようになってしまった。

「あ……っ」

またもや、せり出した木の根に足を取られた。

こけた瞬間、足首に激痛が走る。

痛みに呻くより先に、後ろを振り返った。追いついたゲルガの涎が、頭上に落ちてきた。

かかる息のひどさに、気が遠くなりそうだった。

（死にたく、ない――っ！）

神様。お父様、お母様。ジルベール様。

誰でもいいから、この絶望から救って。

悲鳴を上げたいのに、恐怖でかじかみ、声すら出なかった。

こんなところで死ぬのか。

振り上げた前脚から伸びた鋭い爪に、まばたきすらできない。その瞬間だけ、時間が緩慢になった。

(――あ)

死ぬんだ、と思った直後。

「――ッ!!」

目の前が赤く染まった。鮮血と飛び散る血色のバラの花びらが視界を覆う。

(――え……)

次の瞬間には、身体に何かがぶつかってきた。それが人だと気づいたとき、レティシアは誰にかばわれたのかを知った。

「や、あぁぁ――っ、ジルベール様!!」

◇◆◇

その後のことは、よく覚えていない。

たくさんの大人たちがレティシアとジルベールを囲い、ゲルガを射殺した。雨音に消える断末魔は、レティシアの耳には届かなかった。目の前で起こった惨劇に、思考が停止していた。

ジルベールの背中から、たくさんの血が流れている。

大勢の人が彼を救わんと、懸命に救助活動をしていたのを呆然と見ていることしかできなかった。

レティシアは捜索隊《そうさくたい》の一人に抱えられ、馬で屋敷に戻った。蒼白になりながら娘の無事を祈っていた母は、レティシアを見て歓喜の涙を流しながら抱きしめるも、ジルベールが重篤であることを聞かされると愕然となった。原因が、ゲルガに襲われるレティシアをかばったことだと知った父は、その動揺をレティシアに向けた。

「お――前は、なんということをしでかしたんだ！」

平手打ちで頬をぶたれ、幼い身体は紙切れみたいに床に転がった。

最悪の結末を迎えてしまった現実は、レティシア自身ですらまだ受け止め切れていない。茫然自失《ぼうぜんじしつ》とするレティシアを背中にかばい、母が必死で激高する父を止めているが、そんなこともレティシアには人ごとのように感じられた。

心が、視界が鮮血で真っ赤に染まったあの瞬間で止まってしまったからだ。

「あ――あぁぁぁ……っ!!」

(ジルベール様から、あんなにたくさんの血が……)

「レティシアっ!?」

絶叫し、己の顔をかきむしった。

「ジルベール様がっ、いやぁぁぁ――ッ!!」

半狂乱になったレティシアは、そのまま気を失った。

悪天候の中、歩き続けたことによる疲労と過度の精神的負担から一週間も高熱を出し、意識が混濁していたが、熱に浮かされながらも、レティシアはうわごとのようにジルベールの名を呼び、「ごめんなさい」と泣いた。

ようやく、ベッドから起き上がれるようになると、待っていたと言わんばかりに大人たちがレティシアのもとを訪ねてくるようになった。

大人たちは、レティシアに事件の真相を話すよう強く求めたが、彼らは皆レティシアがジルベールを森に誘ったという前提で話してくる。そんな中、どうして事実を言えるだろう。険しい顔つきと険のある声音が、毎日のようにレティシアを責めた。それは、父親も同じで、レティシアの味方になってくれたのは、母だけだった。

事実を言ったところで信じてもらえず、嘘を認めても不幸な未来しかない。

レティシアは、口を閉ざすしかなかった。

ジルベールは依然として、眠り続けたままだという。

ゲルガはその鋭い爪から神経毒を出して、獲物を仕留める。狩りの腕は悪いが、一度毒牙にかかってしまえば、命はないと言わしめるほどの猛毒だ。十歳の子どもが無事でいられるはずがない。

誰もがジルベールの死を想像し、絶望した。

彼が死ねば、責任を問われるのは、間違いなくレティシアであり、マルシェリー公爵家だ。

崖っぷちに追い詰められた状況に、父は終始いらいらするようになり、母と弟はそんな父に怯えるようになった。原因を作ったレティシアを父はあからさまに遠ざけるようになると、レティシアは自室から出るのもはばかられるようになった。

父は最初の頃、日に何度もレティシアに事実を話せと迫っていたが、そのうち「決して何もしゃべるな」と真逆のことを言うようになった。

沈黙こそが、公爵家が生き残るための術だと思い至ったのであろう。ジルベールがこの世を去れば、真相を知るのはレティシアのみとなるからだ。

このままジルベールが目を覚まさなければ、いずれ事件はうやむやになり、自分はどこか遠い場所へ追いやられてしまうのだろう。

失意と絶望だけが、レティシアに寄り添っている。

（もう……どうでもいい）

レティシアの望みは、ジルベールが元気な姿に戻ることだけだ。
生きる意味のない時間を過ごして半月が経った頃だ。
王宮から、ジルベールの意識が戻ったという吉報が届いた。

——よかった……っ。

神は自らが遣わした天使を見捨てはしなかった。
張り詰めていた緊張が切れると同時に、レティシアは意識を失った。
だが、ジルベールの覚醒は、王宮をさらなる混沌へと誘ったのだった。

第一章　呪われた王子

鬱蒼とした森は、空が隠れるほど枝を伸ばした木々で昼間でも薄暗く、鳥の声すら不気味に聞こえる。

かつては人の手が入っていた場所も、長い間放置されたことで荒れ果てた。

獣ですら足を踏み入れない最奥には、血色のバラに囲まれた廃屋《はいおく》同然の離宮《りきゅう》がひっそりと佇んでいる。

六年前、第一王子ジルベールは病に見舞われ天に召された。

陽光を集めて紡いだ金色の髪に、蒼穹色の瞳を持つ神が遣わした天使。

レグティス国の新たな太陽となるはずだったジルベールの死は、国民の心に暗い影を落とした。彼を失うことは、国の衰退を意味しているのではないかと。

ジルベールほどの奇跡の存在は、二度と生まれないだろう。

国葬には大勢の国民が、最後の別れを告げるために列をなした。数え切れないほどの者たちが彼の棺の前で打ちひしがれた。

納められている棺が空っぽだとも知らず、六年経ってもジルベールが眠る礼拝堂には、多くの民が足を運んでいた。

離宮には、六年前から月の光と同じ銀色の髪と血色に光る目をした、美しい顔の青年が住んでいる。

痩軀《そうく》であるが、貧弱さを感じさせない体軀が醸《かも》す妖艶《ようえん》な雰囲気と、しなやかな仕草。常にけだるさを宿すまなざしは、息を呑《の》むほど優美で、超越した美しさがあった。人ならざる気配すら漂わす彼の名は、ジルベール。

かつて、神の遣いと謳われた第一王子だ。

だが、ジルベールに昔のような溌剌《はつらつ》さはない。日の明るいうちは、薄暗い部屋でカウチソファに寝そべっている。絹のシャツに、黒いトラウザーズを穿《は》いた姿は、美しい人形のように、生気が感じられない。

彼はここで、死を待っていた。

「レティシア、熱が溜まった。抜いてくれ」

暖炉の前に置いたカウチソファに寝そべるジルベールは、お茶を運んできたレティシアを見るなり言った。

ぱちぱちと薪がはじける音だけがするジルベールの自室は、暖炉が灯す橙色の光が満ちていた。

窓もなく、時計もない。

時間が止まった部屋は、ジルベールそのものだ。

「はい、ただいま」

磨《みが》かれた銀製品のトレイに映る黒いドレスを着たレティシアは、持ってきたそれらをテーブルに置くと、ジルベールの前に跪いた。

彼のトラウザーズに手をかけ、慣れた仕草で前をくつろげる。わずかに芯を持った欲望は、数回扱くだけで雄々しくなる。

レティシアは、太く長いそれを口の中に迎え入れた。

「ふ……っ」

レティシアの口が小さいのか、それともジルベールのものが育ちすぎたのか。

喉の奥を開きながら、慎重に欲望を呑み込んでいく瞬間は、いつも苦しい。

（あ……ぁ、入って、くる）

亀頭《きとう》のくびれが上顎の内側をこするたびに、子宮《しきゅう》がきゅうっと疼《うず》いた。

鈴口《すずくち》から染み出てくる雫《しずく》が、口の中に広がる。最初こそ抵抗があったが、今では味わうほど身体が熱くなっていた。

彼が滴らせる雫を甘露《かんろ》のようだと感じるようになったのは、いつからだろう。

味も喉越しも、これ以上の美味は思い浮かばない。

(美味しい……の)

でも、レティシアのはしたない願望は、絶対に彼に知られてはいけない。

ジルベールにとって、これはただの生理現象であり、屈辱以外何ものでもないからだ。

ましてや、レティシアに欲情しているわけでもない。

彼をこんなふうに変えてしまったのは、レティシアだ。

十一年前、ゲルガの毒に侵され、奇跡的に目覚めた日から、彼はその身に獣を飼っている。

「ジル……ベール、さま……。どうです、か……？　気持ち、いいところを……おっしゃって――」

「うるさい、喋るな」

「ふ、ぐ……っ!?」

起き上がったジルベールに後頭部を鷲掴《わしづか》みにされて、乱暴に根元まで咥えさせられた。

「喋る余裕があるなら、もっとしっかり舐めろよ。下手くそが。こんなんじゃ、いつまで経ってもいけないだろ」

「も――、しわ、け」

「喋るなって言ってるだろっ」

「ぐ……っ、ん、んふっ」

乱暴な手つきで頭を前後に揺さぶられる。苛立たしげな様子は、レティシアに対する不快感を隠しもしない。

喉奥を穿《うが》たれ、目の奥でチカチカと閃光がまたたいた。

(だ……め、深い――っ)

生理的な涙が零れるが、嫌とは言えない。

レティシアは彼の太ももに手をつき、必死に身体を支えながらされるがままになっていた。

欲望の先端が喉をこする刺激に、秘部が疼く。苦しさと快感は表裏一体なのだと知ったのも、ジルベールとの行為でだ。

奉仕という己に与えられた罰に快感を抱いてしまう自分は、なんて罪深いのだろう。

背徳感に苛まれながらも、身体はジルベールに翻弄されることを悦んでいる。

もっとひどくされたい。

昨日よりもひどい罰を与えてほしい。

なぜなら、レティシアは贖罪《しょくざい》のためだけに生きているからだ。

奇跡的な回復に周囲が歓喜したのも束の間、ジルベールに現れ始めた異変は、王家を震撼させた。

最初は、ほんの小さなものだった。

『太陽が怖い。光を入れないで！』

日の光を怖がっていたかと思えば、目の痛みを訴えるようになり、そのうち瞳孔が血色になって縦に割れた。

味覚にも変化が出始めると、彼は調理されたものは一切受け付けなくなった。何を食べても嘔吐《おうと》していた彼が唯一手を伸ばした生肉は、今も彼の主食だ。調理場で一人、肉を貪り食っていたのを料理人が見つけたことで発覚した。口の周りを血だらけにして肉を食べる姿を最初に目撃した調理人は、そのまま王宮から姿を消した。

異変はそれだけではない。

爪が異様に尖り、生え替わったはずの犬歯が抜け落ち、人間のものとは思えない鋭い牙が上下ともに生えてきた。

その頃には、辺りかまわず周囲を威嚇《いかく》し、うなり声を上げるようになっていた。口から涎を垂らし、四つ足で部屋を駆け回る。室内はジルベールが爪と牙で壊したもので惨憺たる有様になっていた。

『あぁ……っ、なんてことなの！』

天使と呼ばれていた面影すらない獣じみた姿に、王妃は嘆《なげ》き、床に臥した。

当然、公の場にジルベールを出すわけにもいかず、夜な夜な咆哮するジルベールを恐れる使用人は軒並み解雇され、口の堅い者だけが王宮に残った。

ジルベールのために集められた医師、薬師、魔術師たちが下した診断は「獣化《じゅうか》」。

ゲルガの毒に侵された者の中で、ごく稀に生き残った者に現れる異変だ。

彼らは徐々に身体の細胞を変化させ、獣へ変貌する。最終的には自我を失い、獣と化すことから、そう呼ばれていた。

治療法はなく、獣化を患った者は一人残らず数年のうちに死んでいる。

つまり、目覚めはしたが、ジルベールの未来はとうに潰えてしまっていたのだ。それでも、一縷の望みを捨てきれないでいた国王をあざ笑うようにジルベールが十五歳のときに起こした事件が、発情による暴走だった。

初めて発情期に入ったジルベールが、一人の令嬢を襲った。

幸い未遂に終わったが、国王は抗いようのない事実を前に、ある決断を下した。

それが第一王子の死去を宣言することだった。

神の使いと謳われるジルベールを失うのは国にとっても大きな損失だが、幸いレグティス国には第二王子リュカがいる。

王族が獣に堕ちたなど、外に漏らすわけにはいかなかった。

国の威厳を保つためには、ジルベールの死という事実が必要だったのだ。

国王は王宮の裏にある森の奥に木造の離宮を建てさせると、周りを血色のバラで囲った。

ジルベールがもっとも嫌がった匂いで天然の城壁を作ったのだ。

そして、ジルベールの国葬が行われている最中に、彼に一人の世話役をつけて離宮へ送った。これより先は、彼の生存を知られてはならない。

ジルベールは、死ぬまで離宮から出られない身の上となったのだ。

彼が死んだのち、この場所は火を掛けられる。

もしくは、王家が危険と判断されたときも、離宮もろとも殺処分される。

離宮が木造なのは、燃えやすく、ジルベールが生きていた痕跡を残さないためだ。基礎の段階で、地面には大量の爆薬が仕掛けられていることを知っているのは、ごくわずかな者だけ。その中に、ジルベールは入っていない。

王家は筋書きどおりに「大規模な山火事」として世間に公表するだろう。

だが、ジルベールは一人では死なない。

『――レティシアを僕にください』

ジルベールの一声が、レティシアの運命を決めた。

レティシアを差し出すことで、マルシェリー公爵家は没落を免れるという願ってもない慈悲《じひ》が国王から与えられると、父は一も二もなく快諾《かいだく》した。

『レティシア、ジルベール様がお前をお望みだ。務めを果たせ』

もはや、守られないことを知っていたレティシアに、拒絶するだけの気力はなかった。

虚しさを抱えて生きるよりも、ジルベールと逝く地獄を望んだ。

彼が死ねば、レティシアの人生も終わる。

王家がジルベールの正体を知る人間をおいそれと生かしておくわけがないからだ。

(でも、それでいいの)

ジルベールが生きていてくれるだけでいい。

レティシアは、彼のためだけに生きている。

ジルベールがゲルガから守ってくれなければ、レティシアは生きていなかった。父に煙たがられ、身の置き場もないレティシアを側に呼び寄せてくれたことには感謝しかない。

彼が快適に暮らせるのなら、料理に掃除洗濯、どれも必死になって覚えた。

物資は月に二度、王宮から届けられるが、生肉だけはレティシアが調達するしかない。罠を張り、動物を捕るこのことの恐ろしさに手が震えたのは最初の頃だけで、今は淡々と肉を捌くことができる。

彼が人として生きていけるのなら、レティシアは何を失ってもかまわなかった。

女としての幸せや純潔なんて、いらない。

彼がこの身を食らいたいと言えば、いつだって銀色の美しい獣に命を捧げる覚悟がある。

だから、どうか一日でも長く生きて。

「考え事か。余裕だなぁ、レティシア」

「ふ……ぐっ、ぅ……っ」

乱暴に頭を揺さぶられ、意識を引き戻された。

「誰の、せいで、こんな目に遭わされてるのか。分かってるんだろう、なっ」

喉奥まで侵入する長大な代物に、涙と唾液が顔を濡らす。先端から染み出る先走りが、喉に絡みついて苦しかった。

(息が……でき、ないっ)

身体を支えている手に、力がこもる。

「どうした、しっかりしゃぶれよ。これがお前の仕事だろうが」

「うぐ……っ、ぐ、んふ……！」

両手で頭を抱えられ、ジルベールの思うまま動かされた。そのたびに喉を突かれる苦しさに恍惚となった。

口を物として扱われることが気持ちいいなんて知らなかった。

「喉……締めろよ。そうだ、……あぁ、いいな。最高だよ」

充足めいた響きを、レティシアは半分白目をむきながら聞いていた。

赤い目が欲情に濡れている。愉悦《ゆえつ》を浮かべる口からは鋭い犬歯がのぞいていた。

発情期のジルベールは、獣のさがが強く出てしまう。乱暴で、欲望に忠実だ。そのせいか、口調も普段よりも荒々しかった。

ごりごりと鬼頭のくびれでこすられる刺激に、秘部が疼く。子を孕《はら》む場所の切なさが雫となり、しっとりと下着を濡らしていた。

(あぁ、たまらない)

義務を責務と感じなくなったのは、いつからだったか。

レティシアが彼の二度目の発情を目の当たりにしたのは、離宮に入って一年ほどが過ぎた頃だ。季節は長い冬が明け、裸の枝に新緑が芽吹き始めていた。

『俺に……近づく、なっ。また襲われたいのかっ』

『――いいえ、ジルベール様。どうか、私を使ってください』

歯をむき出しにしながら威嚇してくるジルベールは恐ろしかった。

だが、レティシアが側にいるのに、彼は一年間も悶々と一人で劣情を抱えてきたのだ。

そのたびに、家具には爪痕が増え、カーテンは裂けた。

苦しませるために、レティシアがいるのではない。

自分が離宮に入れられた意味を知ってもらうために、着ていた衣服を彼の前ですべて脱ぎ捨て、生まれたままの姿になった。

『な……っ、お前。馬鹿かっ』

『大丈夫です。ほら、怖くなんてありませんよ』

両手を開いて見せると、ジルベールが忌々しげに舌打ちをした。

『――クソッ』

悪態をつくも、覚えた欲求には敵わなかったのだろう。

彼の前に跪き、トラウザーズに手をかけても、ジルベールは拒まなかった。

身体の関係が始まったのは、それからだ。

五年間続けてきた行為は、どこまでならよくて、何が駄目なのか。レティシア自身、境界線が曖昧になりつつある。

この身で彼に触れられていない場所など、一カ所だけだ。

腹の中いっぱいに、彼を咥え込んだらどんな気持ちになるのだ。

(でも、だめなこと――)

もし、子ができてしまえば、ジルベールもろとも殺されてしまう。

彼の命を危険にさらしたくない。

だから、どれだけもどかしくとも我慢するしかないのだ。

「ふぅ、んっ、ン……んっ」

口の中に広がるジルベールの蜜に舌を這わせて味わう。

飛沫が喉へとほとばしる瞬間を想像するだけで、秘部がきゅうっと甘く痺れた。

熱を帯びたそこをかかとに擦りつけ、ジルベールに犯されることを夢見ながら、今日も甘露を待ちわびる。

(あぁ、お願い。どうか気づかないで)

愛のない行為に悦びを覚えているなんて、知られたくない。

舌を欲望に絡め、すぼめた唇でジルベールを慰める。飲み込めない唾液が、口端から床へと零れて、ドレスに染みを作っていた。

「く――っ」

ジルベールの秀麗な美貌が、快感にゆがむ。

眉を寄せた悩ましげな表情すら美しかった。

(また大きくなってきた)

限界の兆《きざ》しが見えると、顎のだるさも忘れるほど口淫に熱がこもる。

もうすぐあの甘い汁を飲ませてもらえると思うだけで、興奮する。

(早く)

極上の糧を求め、上目遣いでジルベールを見た。頬を上気させ、鼻で荒い息づかいをしながらその瞬間を待つ自分は、もう純情な令嬢などではない。

「――ッ!!」

強く頭を押しつけられた直後、喉奥に待ちわびたものが放たれた。

「ぐ……っ、うっ、ん、ん――!」

溺れるほど大量の精に、ぐるりと眼球が回る。

二度、三度と吐き出されるものに、身体を痙攣させながら、レティシアもまた、じん……と痺れる快感に酔いしれた。一滴も取りこぼさないよう欲望を舐めながら、それらを

飲みくだす。引き抜かれる屹立《きつりつ》を引き留めるように吸い上げる。

抜け出た欲望の先端が、鼻先を弾いた。

「口、開けろ」

かすれた声での命令に、レティシアはねっとりと口を開いた。白く糸を引く様子に、ジルベールが嘲り笑う。

「はっ……、いやらしい顔だな。そんなに美味いか？」

そう言いながら、親指を差し込まれ、口腔をかき混ぜられた。

「レティシア、俺に言うことがあるだろ」

「あり……がとう、ござい　ま……す」

「それだけか」

艶めいた声での問いかけに、レティシアは戸惑った。

今、彼が望んでいる言葉とはなんだろう。

ジルベールは情事の最中になると、レティシアに何かを求めてくる。

ジルベールの熱は、一度吐き出した程度では収まらない。けれど、レティシアからは何も求めてはいけないのだ。

ジレンマに目を潤ませると、「どうなんだ」と指が舌をなぞった。

反対の手で、自らの欲望を扱いて見せつける。彼の手の中で、レティシアの唾液と白濁が混じり合って、くちゅくちゅと卑猥な音を立てていた。

（あ、あぁ……。そんな美味しそうな音、しない……で）

卑猥だと頭の隅で行為を嫌悪しながらも、視線は欲望に釘付けになっていた。

「お前は誰のものだ」

そそり立つ赤黒いものが、レティシアの劣情を誘う。見せつけられた自慰に、唇は無意識のうちに興奮にわななないていた。

「私のすべてはジルベール様のものです」

それを聞いて、ジルベールがにやりとほくそ笑んだ。

「レティシア、来い」

「は、い……」

命令に、レティシアは歓喜に打ち震えながら、再び彼のものに唇を近づけた。

ジルベールが眠りについたとき、外の景色は白み始めていた。

レティシアは、劣情で汚れた身体を沐浴で清め、汗と体液でどろどろになった服も着替えた。

(今夜も長かったな)

一晩中、与えられたものを確かめるように、レティシアはそっと腹を撫でた。全身に纏わり付いている疲労感が重たい。今回の発情はいつまで続くのだろう。

年々、発情期が長引いている気がする。

レティシアは、自分なりにゲルガと獣化について学んできた。

ゲルガは群を成して暮らす生き物だ。

その毒に侵されたジルベールもまた、身体の成長と共に番《つがい》を求めているのかもしれない。

(番か……)

ジルベールが求める伴侶とはどんな人なのだろう。

番がいれば、彼は今よりもずっと暮らしやすくなるのだろうか。

ジルベールの苦しむ姿は見たくない。

楽にしてあげたいと思う一方で、番を持つことは国王との制約を破る行為に当たる。

離宮に入るさい、国王は一つの制限をかけた。

子孫を残さないこと。

それが守られているうちは、ジルベールの生活が脅かされることはない。安定した物資の供給と、王家から命を狙われることもないということだ。

(もう十分辛い目に遭っているのに)

彼とて、好きで獣化したわけではない。

果たして、彼は現状をどう感じているのだろう。

いっそのこと、あの場で死んだ方がましだと思っているのだろうか。

レティシアは、昇り始めた太陽の光に目を細めた。

木々のすき間から差し込む朝日の眩しさは神々しいほど、神秘的だ。清涼《せいりょう》な森の空気が淀んだ気持ちを洗い流してくれるよう。

大空を鳥が飛んでいく。

この森の付近に巣があるのだろう。ときおり見かける鳥だ。

ジルベールが二度と見ることのない光景を自分だけが見ている後ろめたさに、胸が痛む。

(綺麗ね)

まだ人間だった頃のジルベールの髪の色みたいだ。

もし、事件が起きなければ、彼は今頃どんな人生を歩んでいただろう。

大勢の人に囲まれ、次代の王と期待され、彼自身の玉座へと続く道を邁進していたことだろう。

その機会を奪ったのは——私。

後悔しても時間がまき戻るわけがないのに、レティシアの脳裏には常に「もしも」という言葉がへばりついていた。

もしもあのとき、ゲルガの穴蔵なんかを見つけなければ。

もしもあのとき、ハンモックで居眠りなんてしなければ。

もしも……。

考えても仕方のないことばかりが、浮かんでは消える。

こんなことを、何度繰り返してきただろう。

(十一年……か)

輝かしい未来を壊した代償は、計り知れない。

だが、レティシアが被害者面をするのはお門違いだ。

もっとも現状に苦しんでいるのはジルベールだからだ。

生きることに制限をかけられるのは、どれほど辛いだろう。

二度と太陽の下に立つこともできず、人間社会から隔離され、自我を失っていく恐怖に耐えているジルベールに、できる限りのことをしたい。

彼が人でなくなろうとも、ジルベールであることには変わりがない。

獣に成り果ててしまったなら、獣である彼と共に生きよう。毎日毛繕いをして、食事を与える。それは六年続けてきたことと何も変わらない日常だ。

レティシアは、ちらりと廃墟同然の温室に目を向けた。

――ジルベールが完全に獣に堕ちたさいは、速やかに殺処分すること。

国王に密命を受けて渡された毒薬は、絶対にジルベールの手に渡らない場所に隠してある。

(絶対に死なせるものですか)

彼らは、どれだけジルベールが現状にもがき、抗おうとしているか知らないのだ。人であろうとする姿を目の当たりにすれば、簡単に「死」という選択など出てこないはず。

汚れた洗濯物を洗濯場へ持っていく。

外の井戸から汲んできた水は凍えるほど冷たかったが、慣れれば耐えられないものではない。

手早く洗濯を終え、外に干しに出る。

もうすぐ冬になるというのに、離宮を囲うバラは季節を問わず咲き誇っていた。

赤いバラたちは、繁殖力が強く、年々株を増やし続けている。外壁を這うように成長し、温室の割れたガラスからも枝を伸ばして中に入ってくる様は、赤い化け物が建物を呑み込まんとしているようにも見えた。

レティシアは赤いバラが嫌いだった。

バラの匂いがジルベールの意識を朦朧とさせるからだ。

視点が定まっていない虚ろな表情は、今にも息が止まるのではないかという恐怖心を駆き立てる。

だから、レティシアはバラに水も肥料も与えない。こんな花、早く枯れてしまえばいいからだ。

だが、バラはそんなレティシアの抵抗をあざ笑うように、見事な花を咲かせていた。

(嫌な花ね)

ふんと鼻を鳴らし、指でバラを弾いた。

洗濯物を干していると、伝書鳩が物干し竿の先端に停まった。レティシアが手をかざせば、鳩は素直に下りてくる。離宮にはジルベールを恐れて動物は寄りつかないが、なぜかこの子だけはこうしてやって来た。

「いい子ね」

背中を撫でながら洗濯場に戻り、籠にとっておいた豆を手のひらに載せると、鳩は勢いよく食べた。その間に、足にくくりつけられている手紙を開ける。

「明後日にティポーが来るのね」

現在、ジルベールの専属医は子爵《ししゃく》の三男で研究者兼医者のティポーだ。

「必要なものをリストに書いておかなくちゃ」

定期的に往診にやって来るティポーに備品や食料品のリストを渡すと、数日後に業者が届けに来るからだ。

午前中にやって来る業者が運んできた物資は、食料庫に保管され、レティシアは必要な分だけをその都度取り出しては使っていた。食料を切れさせることがないようジルベールに言われているので、届いたものをその日に使うことはまずない。

「ごくろうさま」

鳩を外へ出すと、大きく空へと舞い上がった。

姿が見えなくなるまで見送り、残りの洗濯物を干したところで、眠気がやって来た。

「はふ……」

昼間に寝ていることが多いジルベールの活動時間は、夜だ。

彼につき従うレティシアもまた、日中はおのずと寝ていることが多くなった。

(掃除は……起きてからにしましょう)

台所で夕食の下ごしらえだけしてしまうと、レティシアは眠い目を擦りながら温室へ向かう。ようやく、ひと息つける時間になったのだ。

温室には森と見紛うほど大きく育った庭木が茂っていた。支柱には外から入ってきたバラの枝が絡みつき、天然のカーテンとなっている。

レティシアは木に隠れるようにしているカウチソファに横たわると、背もたれにかけてあるブランケットを纏った。

(少しだけでも眠っておかなくちゃ)

夜行性の生活とは違い、レティシアは昼間に熟睡することができない。自室はあるが、ベッドに入ったところで無駄に寝返りをうっては、無駄な時間を過ごしてしまうことが多かった。

眠れない日々に悶々としていたときに、何気なく温室のソファで横になったら、案外すんなりと眠れたことから、レティシアはこの場所で眠るようになったのだ。

ベッドに比べれば快適さはないが、大事なのは眠れるかどうかだ。

それに、この場所はジルベールの自室も見えた。

窓のない不自然な一角を見つめ、祈りを捧げる。

(どうか、今日もジルベール様が人として生きていけますように)

目が覚めたとき、彼の息が止まっていたら。

獣堕ちをしていたら。

そんな妄想も数えきれないくらいした。今だって、考えるだけで恐ろしさに目が冴えてくる。

(お願いです。神様。どうか彼の魂を連れていかないで)

まだジルベールの感触が残る手を胸元に抱え込みながら、レティシアは無理やり目を瞑《つむ》った。

◇◆◇

「――い、おい。起きろ」

肩を揺さぶられ、はっと意識が戻った。

目を開けば辺りはすっかり日が落ちていて、梢のすき間からは三日月が見えていた。

「え……、何――」

「寝ぼけてるのか。とっくに日は落ちてるぞ」

呆れた声で見下ろすジルベールが、ため息をつきながらレティシアの前髪を指で梳いた。

その身体から、かすかに外の匂いがする。

レティシアを起こしにくるまでに、一人で散歩をしたのだろう。

「疲れてるなら、もう少し寝るか？」

寝ぼけ眼でジルベールを見遣れば、彼は外套《がいとう》を羽織《はお》っている。やはり、そうだ。

「い、いいえ。起きま……わぁっ!?」

慌てて身体を起こしたはいいが、足がまだ寝ているのかまったく力が入らなかった。

「どんくさい奴」

つんのめってカウチソファから落ちそうになるのを、ジルベールに支えられる。

「あ、ありがとうございます」

「こんなところで寝るからだろ。いい加減、自分の部屋に行け。もうすぐ冬だぞ。凍死する気か？」

レティシアがかけていたブランケットを横目で見遣る顔は、昨夜の荒々しさが嘘のように穏やかだった。

（よかった。理性が戻られたんだわ）

「ここがいいんです。うたた寝をするにはとても気持ちいいところなんですよ」

「燦々と日の当たる場所だからな」

ジルベールの言葉に、レティシアは「あ……」と息を呑んだ。

陽光の温もりを味わえない彼に対し、自分はなんてひどいことを言ってしまったのか。

「──申し訳ございません」

「謝る必要なんてないだろ。事実だ。それに、もう太陽の暖かさなんて忘れた」

そう言って、ジルベールはなんでもないふうに笑った。

気にするなと言わんばかりの態度が余計にレティシアの罪悪感を深くする。

レティシアには、強がりにしか思えないからだ。

「そんなことより、ついてくるのか？　どうなんだ」

「い、行きます！」

「早くしろ。置いていくぞ」

くしゃりとレティシアの髪をひと撫でして、ジルベールが立ち上がる。

「待ってください。一人で外へ出るのは危険ですっ。今外套をとってきますから──」

「あぁ、忘れてた。これだな」

「わっ!?」

顔に押しつけられたのは、レティシアの外套だった。

普段は玄関にかけてあるものを、わざわざとってきてくれたのか。

「ありがとうございます」

「別に。礼を言われるほどのことはしてない。それよりも、次の支給品で、外套を新調しろ」

「分かりました。どのようなものをお望みですか？」

今、ジルベールが着ているのは二年前のものだ。背格好は変わらないが生地がへたってきたのが気になるのだろう。

「俺のじゃない。お前のだ。いつから着てるやつだ？　身なりは整えろと言っているだろ」

「も、申し訳ございません」

外仕事をするのに、洒落た外套は邪魔なだけだ。雨風に曝されていくうちに生地が弱ってくるのは仕方のないこと。それを気にしていては、外套がいくらあっても足りない。

(でも、ジルベール様は不快だと仰った)

ならば、彼の要望に従うまでだ。

仕事のときはこれまでどおりこちらを着て、ジルベールと外出するときだけ新しいものを着ればいい。

「必ず新調します」

深く頭を下げると、ジルベールはふんと鼻を鳴らした。

気分を害させてしまっただろうか。

発情期の間は、とりわけ気分の起伏が激しくなる。わずかな出来事でも豹変してしまうのだ。

息を殺してジルベールの出方をうかがっていると、「行くぞ」とそっけない返事がした。

(よかった。怒ってないみたい)

ほっと胸をなで下ろし、ジルベールのあとに続く。

銀色の髪を隠すように目深に外套のフードを被ると、ジルベールはあっという間に夜のしじまに姿を紛れさせた。

今夜はどの辺りまで出歩くつもりなのだろう。

彼は気分がいいと、夜に散歩へと出かける。

森に囲まれた場所に建つ離宮だ。多少出歩いたところで人に見られる心配がないことは、六年も暮らしていればわかってくる。

ここには、王家の見張りはいない。

だからこその天然の防壁があるのだ。

(バラが増えたわね)

点在するバラは、すべてジルベールを警戒して植えられたものだ。

彼らはバラさえあれば、ジルベールを管理できると思い込んでいるようだが、実際は違う。

彼はこの六年で、格段に身体能力が上がった。

脚力に握力、聴力、嗅覚。どれもが人間の限界を超えている。

彼が本気を出せば、切り立った崖を駆け下りることも、遠く離れた獣を見つけることもできる。

(その分、生傷も絶えなかったけれど)

自分の限界がどこなのか、知りたがるジルベールに付き従い、レティシアは幾度肝を冷やしたことか。人間離れしたことをしてみせるたびに、寿命が縮んだ。

『心配性だな。俺を誰だと思ってる』

真っ青な顔をしていると、決まってジルベールはそんなレティシアを笑い飛ばした。

ジルベールは確実に現状に適応していっている。

獣の力を我が物にしつつあった。

それが、何を意味しているのかレティシアは知らない。

ただ、このままジルベールが死に怯えることなく生きていけるのなら、多少人間離れしていてもいいのではないか。

だが、王家にはこのことは報告していない。

馬鹿正直に伝えたところで、こちらの益になることはないからだ。

獣化して生き延びた人間はいないと言われる中、ジルベールは未知の世界へ足を踏み入れようとしている。もし、人外の力を自在に操れるようになれば、王家は彼をどんなふうに扱うだろう。第二、第三のジルベールを生み出し、兵器にしようと考える輩は必ず現れる。

ジルベールを物になどさせない。

彼は、今までもこの先も人間だからだ。

「何考えてる？」

眉間を指で突かれ、はっとするとジルベールに顔を覗き込まれていた。縦に割れた赤色の瞳孔は、どんな宝石よりも美しい。

「ジルベール様のことです。体調はいかがですか？」

「あぁ、悪くない」

探るような視線ののち、ジルベールが答えた。

「よかった。でも、発情期はまだ終わっていませんので、くれぐれも無理だけはなさらないでくださいね」

「レティシアは二言目には小言だな。テレーズより口うるさい」

「な……っ」

彼の乳母を引き合いに出されたことに目をむくと、ジルベールが弾けるように笑った。

屈託のない笑顔は、少年みたいに無垢な顔をしている。

今夜は本当に機嫌がいい。

(珍しい)

でも、ジルベールが上機嫌だとレティシアも嬉しくなる。

「今日は、月がとても綺麗ですね。ジルベール様の瞳みたいに綺麗な三日月」

「俺の目を綺麗だと言うのは、レティシアくらいだな」

「いいではありませんか。実際、綺麗なんですもの。御髪の色だって、神様みたい」

金色の髪をしていた頃の彼が昼の王なら、今のジルベールは夜の王だ。

しごく真面目なことを言ったのに、なぜかジルベールは嫌そうな顔をした。

「そう言うのをなんて言うか知っているか？」

「なんです？」

「ゲテモノ好き、だ」

「違います！　私は――っ」

ジルベールが好きなだけだ、という言葉をすんでのところで呑み込んだ。

彼をこんな姿にした相手に好かれていると言われても、迷惑なだけだからだ。

だから、レティシアは違う言葉を伝える。

「いくらジルベール様でもご自身のことをそんなふうに言わないでください。ジルベール様は人間です」

「こんな目と牙を持つ者がか？」

「そうです」

断言すれば、ジルベールが一笑に付す。

「ならば、お前の目は節穴だな。現実を見ろ」

まるでレティシアの方が現状をわかっていない口ぶりだ。

「私はちゃんとわかっています。ジルベール様こそ、ご自身を蔑まないでくださいっ。ジルベール様は……ジルベール様です！」

周りの者たちが、彼を遠巻きにする中、レティシアは一度としてジルベールを別の何かと思ったことはなかった。

彼は、レティシアを救ってくれた恩人だ。

ゲルガに襲われたときも、父に辛く当たられたときも、ジルベールが口添えをしてくれなければ、レティシアはとうの昔に領地の僻地《へきち》へと追いやられてしまっていただろう。

ジルベールに感謝こそすれ、畏怖《いふ》の念を抱くなどあるわけがない。

忠義を疑われたくなくて、レティシアは語気を強めた。

そんなレティシアを見て、ジルベールがほっと息を吐く。

「そうだな。レティシアがいる限り、俺は俺だ」

どこか諦めたような口ぶりだったが、分かってもらえたことに安堵《あんど》した。

「ならば、ずっと俺の側にいることだな。そうして、俺が誰なのか忘れそうになったときは、今みたいに叱ってくれ。テレーズよりも口うるさくな」

「ジ、ジルベール様っ!?」

またしても乳母と比べられ猛然《もうぜん》と抗議すると、ジルベールは「怒るなよ」とレティシアの髪を撫でた。

（もうっ）

今が夜でよかった。日中なら、真っ赤になった顔を見られてしまっていただろう。

顔を背けると、ジルベールがほくそ笑んだ。

「単純」

「何か言いましたか？」

「いや？　さて、今夜は何をしようか」

風向きが怪しくなったとみるや、話題を変えたジルベールが、指で近くにあった梢を弾いた。

「無理は禁物ですよ。間違っても崖下りをしたいなんておっしゃらないでくださいね」

「さすがにそれはしないよ。まだ本調子じゃない」

「……それは、本調子ならしていたということですか？」

「揚げ足を取るな」

じろりと睨めつければ、あからさまに視線を背けられた。

(絶対するつもりだったのね)

「まったくもう」

人に見られる心配はないとはいえ、危険なことには変わりない。

「ティポーの話では、獣に近い体質になった者は獣性《じゅうせい》を鎮《しず》めるためにも、一定量の運動をするというじゃないか。崖下りもその延長だと思ってくれればいい」

「全然危険度が違います。ティポーが言う運動とは、ジョギングや鍛錬のことです」

「そうだろうか？　今度聞いてみようか」

「絶対にやめてください。ティポーが泣いて喜びます」

専属医であるティポーは、医療や獣化の研究においては優秀な男だが、性格にやや問題がある。好奇心が旺盛すぎて、話していると時々一般的な価値観とのずれを感じてしまうのだ。たいていの者が危険視するようなことでも、彼なら諸手を挙げて「ぜひ検証させてくれ」と言ってくる。今回の場合も、間違いなくそうなるとレティシアは確信していた。

「喜ぶだけましだと思わないか？　そもそも父上は、俺がここまで長生きするとは思っていなかったはずだ。今頃頭を抱えていることだろう」

「違います。二十歳を超えても生きていらっしゃるのは、ジルベール様の日頃の努力の賜物だからです。あなた様は口ではなんとおっしゃられても、生きることを望んでいるのです。たとえジルベール様が否定なさっても、私はそう信じています。——そろそろ本気で怒りますよ」

険を孕んだ声音に、ジルベールは嬉々とした。

「レティシアはつくづく難儀だな」

くつくつと笑ったかと思えば、「まぁ、いいさ」と天を仰いだ。

「あぁ、気持ちいい。月明かりは最高だな」

上を見た拍子にフードが外れる。

月光浴をする銀色の髪が、風に揺られきらきらと輝いていた。赤い瞳は、時々ガラス玉みたいに透き通って見えるときがある。綺麗だと思う反面、彼が人以外の生き物なのだとも実感させられた。

しばらく、全身に月明かりを浴びていたが、ふいにジルベールがある方向を見た。その目は鋭く、表情は険しい。

「どうかしましたか？」

「静かに。車輪の音が近づいてくる。それと複数の足音もだ。……獣だな、追われている」

「え――？」

彼の言葉に、レティシアにも緊張が走った。

ジルベールは目もいいが、耳もいい。彼が車輪の音と言うのなら、それは馬車か荷馬車だ。離宮への道は、荷台を引いた馬が一頭通れるかどうかの獣道しかないが、森の先には舗装された道がある。

物資の供給は、昼間しか来ない。

しかも、ここは王家の管轄《かんかつ》内だ。

貴族だろうとおいそれと立ち入れる場所ではなかった。

ジルベールは軽々と跳躍して木を駆け上がり、遠くに目を凝らした。

「やはり、馬車だな」

「でも、どうしてこんな場所に?」

太い木の枝に立つジルベールが、レティシアを見下ろした。

「王宮の方角がやたら騒がしい。夜会でもしていたのだろう。どういういきさつであの道を通ることになったのかは知らないが、襲っているのはゲルガだ」

「な——っ」

予想もしていなかった襲撃者に、レティシアは目をむいた。

十一年前に射殺されて以来、目にすることはなかったものが、今また現れたのだ。

「一匹ですか!?」

「いや、二頭……三頭はいる」

いったい、彼らはどこからやって来るのだろう。ゲルガが住むところからレグティス国に入るには、山をいくつも越えなければならないのだ。そうまでしてやって来る理由とはなんなのか。

群を成しているのなら、彼らは今獲物を狩っている最中だということ。

「助けなくちゃ」

「放っておけ。立ち入り禁止区域に入った者が悪い」

気のない返事は、あまりにも残酷だった。

「ジルベール様っ、それはあんまりです！」

「なら、どうする？　武器一つ持っていないお前が行ったところで撃退できるわけないだろ。それに、到着する頃にはすべてが終わっている。間に合わないんだ」

普段、銃は外套と一緒に置いてあるが、今夜はジルベールが外套を持ってきてくれたことが仇になったのだ。

「ですがっ、ゲルガに襲われたとなれば問題になります！　それに、彼らが獣化する可能性もあります」

死んでしまえば獣に襲われたと言い逃れもできるが、獣化はゲルガの毒でしか起きない。襲われている貴族が上級位なら、なんとしてでも治そうとするだろう。その過程で、ジルベールの存在が浮上する可能性だってあるのだ。

レティシアは絶対という言葉を信じない。

「――ジルベール様なら追い払えませんか？」

「なんだと？」

人と獣、両方の気配を持つ彼は、どの生態系にも属していない。

獣は異質なものを無条件で恐れる。

レティシアたちが住まう離宮に食料を荒らす獣が寄りつかないのは、そのせいだ。

では、ゲルガはどうだろう。

「俺にあいつらを助けろと言うのか？」

胡乱な顔つきになる美貌を、レティシアは見つめ返した。

「姿を見せる必要はありません。気配だけでも十分ゲルガには脅威《きょうい》となるはずです。馬車が森を抜けるまでの間だけでいいんです。ゲルガの注意を逸らすことはできませんか？」

この森を支配しているのは誰なのか、ゲルガに知らしめることができれば、彼らは勝手に逃げていくだろう。

ジルベールに余計な刺激を与えさせたくないが、新たな問題を引き起こされ、現状を壊されたくもなかった。

「お願いします。力を貸してください」

頭を下げて協力を乞うた。

ややして、ジルベールが息を吐く。

「今回だけだぞ」

「ありがとうございますっ！」

要望を呑んでくれたことに声を弾ませると、ジルベールが両足に力を込めた。

「お前はここにいろ」

そう言い置くなり、闇に飛び込んでいく。人並み外れた跳躍力で、あっという間に彼の姿は見えなくなった。

離宮で気怠《けだる》げにしているときとは違う俊敏な動きは、着実に人間の領域を超えてきていた。

目を背けても、獣化は着実に進んでいる。

あとどれくらいの時間が、彼に残っているのだろう。

ジルベールを失いたくなかった。

(大丈夫、ジルベール様は消えたりしないわ)

ジルベールの存在は奇跡なのだ。

後ろ向きになりかける気持ちを叱咤し、レティシアも森の中を走った。慣れ親しんだ場所だからだろうか、夜目が利くのはありがたかった。

(いる)

十一年ぶりに聞くうなり声を忘れるわけがない。

しかし、威嚇とは違う声音は、明らかに警戒心を孕んでいた。体勢を低くし、ジルベールがいる方向を向いているが、被毛のない尖った尻尾は股の間に入り込んでしまっている。

夜のしじまに潜んだまま、ジルベールが牙をむく。

「キャンッ」

すると、ゲルガたちは一斉に悲鳴を上げて、反対側の森へと逃げていった。

なんてあっけない幕切れだったのだろう。

これで、ジルベールがゲルガよりも強者であることが証明された。

「ジルベール……」

声をかけると、「しっ」とジルベールが人差し指を唇に当てた。

ゲルガを追い払うことはできたが、馬車はまだこの場に留まったままだ。言葉を遮ったのは、彼らに名前を聞かれないためだろう。

(あの紋章《もんしょう》は確かハルゲリー伯爵《はくしゃく》家のものではなかったかしら)

馬車を引く二頭の馬は、ジルベールの存在に怯えているのだろう。御者《ぎょしゃ》は馬をいなすことに気を取られて、こちらにまでは気づいていない。

「戻りましょう」

危険が去った以上、長居は無用だ。

しかし、レティシアの声が小さすぎたのか、ジルベールは外套のフードをかぶり直すと、近くに咲いていた血色のバラを一輪手折り、馬車へと近づいた。

（え……？）

「だ、誰だ!?」

突如、闇から現れたジルベールに、御者が慌てふためく。それを無視して、ジルベールは馬車の扉を開けた。

「ジ……」

たった今、レティシアを制した彼が、自ら人前に姿を見せるなどあり得ない。

（どういうつもりなの？）

すんでのところで声を呑み込み、固唾を呑んで彼の動向を見守るしかなかった。

「きゃあっ、お父様!!」

「な、何者だ！」

木陰に身を潜めているレティシアには声しか聞こえないが、乗っているのは伯爵とその令嬢のようだ。

「誰の許しを得てこの道を走った。死にたいのか」

不遜な口調に、ハルゲリー伯爵は何やらまくし立てている。その様子は、先ほどのゲルガとさほど変わらないように思えた。

彼らにしても、ジルベールは不審な人物だ。怯えて当然だろう。

「次はない」

そう言うと、ジルベールは馬車の中にバラを置いて、離れた。

「待て！」

制止の声を無視して、闇に姿を紛れさせれば、彼らにはもうジルベールを探し出すことはできなかった。

飛び出してきた伯爵と御者が、しばらく周囲をうかがっていたが、ややして諦めたのだろう。馬車は去っていった。

その様子を見届けると、ジルベールが踵を返した。

「帰るぞ」

硬質な声音に、びくりと背中が震えた。

（獣性が出てる……？）

「は、はい」

なぜ、危険を冒してまで姿を見せたのか。

馬車が消えた暗い道に後ろ髪を引かれながら、レティシアは彼のあとを追った。


離宮に戻るなり、レティシアは寝室へと連れ込まれた。

もつれるようにベッドに組み敷かれる。

外套に手をかけると、乱暴に脱がされた。生地が裂ける音が、ジルベールが理性を制御できないでいることを伝えてくる。

「ジルベール、様ッ。お待ちください！」

服の上から弄る手にもみくちゃにされながら、身を捩った。

黒いドレスの裾をたくし上げられる。反対の手で前開きのボタンを引きちぎられた。弾け飛んだボタンの一つが、顔に当たる。

「や……っ、どうして急に！」

「うるさい」

下着をむかれ、胸を押さえていたさらしすら破ってしまう。

あらわになった乳房が零れ出ると、ジルベールの赤い目が食い入るように見ていた。

「なンだ、これ」

「は……っ、ん、んぁ！」

豊かに膨らんだ乳房を両手で鷲摑みにされ、むしゃぶりつかれた。

「やっ、あ！」

乳房の尖頂《せんちょう》に牙を立てられると、痛みとそれ以外の感覚が腰骨を震わせた。

「こんなもん、いつから持ってた」

「何……言って」

「でかい」

「――ッ」

それが、育ちすぎた乳房のことだと気づくと、羞恥に顔が熱くなった。

普段は、禁欲的なドレスで隠していたが、レティシアは見た目の割りに女性的な身体に育ってしまっていた。まだ離宮に入った頃は、わずかな膨らみしかなかったが、年を追うごとに豊かになった。

王宮から送られてくるレティシアの服では、どれも胸元が窮屈で、普段は乳房を潰していたのだ。

「でも、ウま、い……」

しゃぶりつくジルベールは、すでに半分理性が飛んでいる。

「イイ匂い、だ」

両手で形が変わるほどもみしだき、痛いほど吸い上げられた。

「駄目……っ、ジルベール様、これ以上はいけませんっ」

のし掛かってきたジルベールの欲望が、下腹に擦りつけられる。彼が今、どれほど興奮しているかを伝えてくる雄々しさに、レティシアは歓喜と恐怖を抱いた。

発情期の熱がぶり返してきたのだ。

けれど、なぜ突然。何がジルベールを刺激したのだろう。

「馬車に……生娘《き》がいた」

疑問は、ジルベールのうわごとで解決した。

ゲルガが生涯で番う相手は一匹だけ。しかも、彼は今発情中だ。本能的に子種を残せる可能性を感じたに違いない。

ならば、この熱は、彼女を想って滾ったものなのだ。

「彼女を……ご所望、です……か……？　ぁ、ん」

「ショ……望――。そう、だ」

あぁ、ひどいことを言う。

「国王陛下が……あんっ、お許しになりませ……ん、んぁ」

王家がひた隠しにしている存在を、おいそれと貴族に教えるわけがない。ハルゲリー伯爵がどういう人物で王家にとってどういう立ち位置にあるのかはわからないが、よほどのことがない限り、ジルベールのことは明かさないはずだ。

だが、彼は今、ハルゲリー伯爵令嬢を望むと口にした。

それは、彼女を番う相手と感じたからではないのか。

国王が首を縦に振らずとも、王妃にこのことが知られたら違う結果になるかもしれない。

彼女は、ジルベールを愛している。不憫な我が子の願いなら、是が非でも叶えてやりたいと思うのが、親心ではないだろうか。理由をつけて彼女を召し上げることくらいするだろう。そうなれば、自分は用済みになってしまうのだろうか。

(いいえ、違う。私だってジルベール様に望まれたからここにいるんだもの)

でも、あの頃と今では状況が違う。

六年も前の彼の気持ちが、今と同じだなんて思えない。

無意識に身体が強ばった。

どちらを寵愛するかなど、火を見るより明らかなこと。

(そんなのは嫌)

彼の側に別の女性が立つ光景なんて、見たくない。

「あ、アぁ……ッ」

うなり声と共に、ジルベールがレティシアの身体に噛み痕を付けていく。そそり立つ欲望を衣服越しに、秘部へと押し当てられた。ごりごりと擦られる刺激に、ふるりと身体が期待に震える。

「い……ぁ、ジルベール様、いけません」

さんざん弄ばれた乳房は、ジルベールの唾液で濡れそぼっていた。尖頂は赤く充血し、ぷっくりと硬くなっている。

「は……ぁ、はぁっ！」

今夜の興奮度合いは一段とひどい。血走った目に、口端からは涎が零れていた。綺麗な造形を歪め、玉のように浮かんだ汗の雫が、彼の流す涙に見えた。

（苦しいんだわ）

辛いのは、獣性に理性を奪われていくことなのか、それとも、望んだ相手ではない者を組み敷いていることなのか。

「逃げ、ろ――」

内股に噛みつかれたかと思えば、そのまま顔が下へと下がっていく。秘部に熱い息がかかった。

理性が戻ってきたのだ。

だが、まだまだ普段のジルベールとは違う。

行為に苦悶の表情を浮かべるのは、レティシアで初めての発情を覚えたとき以来だ。

口では、レティシアに離れるように言い、身体はレティシアを求めてくる。

理性と欲望がせめぎ合っている姿が痛々しい。

どうして放り出せるだろう。

「ク、ソ。なんて……香り、だっ。なんでお前、だけ——っ」

苦しげに呻き、鼻先を媚肉《びにく》に押し当てられる。

「あぁっ……、駄目。やめ、て」

「だったら——。発情した雌の匂いを、させる、な。俺を、誘うな」

「ひぃ……あぁ！」

舌で割れ目を舐め上げられ、強烈な快感が腰骨から脳天へと抜けていく。五年ぶりの感覚に、腰がおかしいくらい悦びにうち震えていた。痺れるような、それでいて蕩けてしまいそうなほど甘ったるい刺激だ。身体の内側からジルベールを求める熱が広がってくる。

「あぁ、滲んできた」

喜悦が混じった声で囁き、ジルベールがべろり、べろりと舐めてくる。布越しに伝わる

生温かい肉感が、気持ちいいのにもどかしかった。

「は……ぁ、あぁっ、あ……ん」

ジルベールに奉仕するたびに疼いていた場所が、蜜を滴らせて彼を待ちわびている。

「駄目と言うわりに、悦んでる。腰が揺れてる……じゃない、か」

「そ、れは……ぁ、ん！」

布越しに蜜穴を指で押された。舌とは違う硬さがもたらす圧に、ぶるりと胴震いした。

「これでも、違うと？」

かすれた声が、ジルベールの興奮の度合いを伝えてきた。

彼が抱きたいのは、レティシアではないのに、求めてくれることが嬉しくてたまらない。

嘘でも、彼の言葉を否定しなければ、淫乱だと思われてしまう。

「わかる……か？　ぐっしょり、だ。――なぁ？　ここに入るとどんな気持ちに、なるんだろうな」

「――っ、いけま、せん！　ジルベール様、それだけは」

「お前は誰のものだ」

「それとこれとは話が違いますっ」

「異端は恐ろしい、か」

蜜穴を弄りながら吐き捨てられた言葉に、心臓がえぐり取られるかと思った。

――異端。

その言葉を口にする彼が、どれほどの孤独を抱えているかを感じてしまう。

しかし、現状がそう思わせている。

人の目から隠され、存在自体を消され、彼はこの世に生きていない者とされてしまった。存在意義すら持たず、とは言え死ぬことすら許されない。何一つ生み出すこともない、死を待つだけの人生は、どれほど寂しいだろう。

わかりたくても、訳知り顔で彼の気持ちを代弁するのは傲慢というもの。

レティシアは、ただ彼に付き従うことしかできない。

ジルベールの側にいて、彼の望みを叶え、欲望を満たす。

「怖くなど、ありません」

どれだけ彼の側にいたと思うのか。

恐ろしいのなら、とっくに心を壊しているだろう。

手を伸ばし、銀色に輝く髪を梳く。絹糸よりも手触りのいい柔らかさは、いつまでだって触っていたい。

たとえ、ジルベールが誰かの代わりにレティシアを求めているとしてもだ。

「いつまでもお側におります」

心を込めた誓いに、ジルベールが上目遣いで見つめていた。

「くだらない。お前は嘘つきだ」

一笑に付すと、下着を剝ぎ取られた。蜜穴に長い指がひと息で根元まで入ってくる。

「ひ――ぁ、あ！」

「……狭い、な」

「あっ、待って……ジルベールさま」

「中が蠢《うごめ》いて、絡みついてくる。まるで待ちわびていたようだな」

「ちが――ぅ、の……あぁん、んっんぁ」

「何が違う？　お前にはこの音が聞こえないのか？」

ジルベールが指を動かすたびに、ぐちゅ、ぐちゅと淫猥《いんわい》な音がする。溢《あふ》れた蜜が立てる水音は次第に大きくなっていく。まるでこうされることを待ちわびていたかのように、止めどなく蜜は溢れた。

「手首まで濡れたぞ。どうしてくれる」

「ごめ……んな、さ……いっ。でも……ぁ、は……んぁ！」

「ここだな？」

指が上壁を撫でた。緩い圧に摩擦とは違う刺激が子を孕む場所を震わせる。切羽詰まったようにひりつくこの感覚は何？

「いけな……い、ジルベールさ、ま……。そこ、だめ」

「お前の駄目は聞き飽きた」

「そ、んな――っ。ひぁあ……あ、ん」

身体を起こし、レティシアが乱れる様子を真上からのぞき込んでいる。

「俺は他の言葉が聞きたい」

「他、の……？　ぅん、んっあ」

「そうだ。あるだろ？」

ジルベールが言わんとすることがわからなかった。

彼はレティシアからどんな言葉を引き出したいのだろう。

六年間、決して触れなかった場所に手を伸ばした理由とは、何？

「わから、なぁ、あっ」

「レティシア」

「んん……ッ」

行為の最中に名前を呼ばれたことで、一気に快感が膨らんだ。

する。

耳朶をねぶる舌が、耳の中まで犯してくる。くちゅりと響く音に、皮膚の下がぞわぞわ
「やぁ……」

「よく締まる」

「ひ……、だめ。舐めないで——ふぅ、ん」

拒絶を紡げば、唇で言葉ごと呑み込まれた。

(どう……して、口づけなんて——)

離宮に入ってからのジルベールは、性的な行為に対して醒めていた。熱を発散させるための行為はいつもどこか嗜虐《しぎゃく》的で、慈しまれたことなんてない。

いつもと違う行為の背景に、ハルゲリー伯爵令嬢との出会いがちらつく。

あの場で感じた不安は、きっとこのことを予感していたに違いない。

レティシアを求めているような口ぶりこそしているが、意識も混濁し始めているのだろう。きっと、レティシアかどうかも判別できなくなってきているのだ。

脱ぎ捨てたトラウザーズからそそり立つ欲望が、濡れそぼった蜜穴にあてがわれた。

溢れる蜜を先端ですくい、それを割れ目に擦りつけてくる。

「あ、あぁ。……ジルベール、様。お願い」

受け入れてしまったら、戻れなくなる。

レティシアは秘部を手で覆い隠した。

「口で……ご奉仕させてください」

「お前まで俺を拒むのか？」

その言葉は禁句だ。

レティシアが彼をどうして拒めるだろう。

けれど、受け入れてしまえば、きっと次を期待してしまう。

番を見つけてしまったかもしれないジルベールに、別の女性の代わりとして抱かれるなんて心が耐えられない。せめて、気持ちの準備ができるまで、待って。

「あ……あ、あぁ……」

お願い、入れないで。

覆った指に押しつけられる欲望を、レティシアは首を振って拒んだ。

唇を噛みしめ、彼の腕を握りしめる。

「クソッ」

その直後だ。

くっと忌々しげに悪態をついたジルベールが、レティシアを横向きにする。彼も隣に寝転ぶと、股の間に欲望を突き入れてきた。

「な、何を」

「これで我慢してやるんだっ。感謝……しろっ！」

「あぁっ！」

「脚を閉じてろよ」

激しく擦り上げてくる欲望に、身体が震える。とっさにずり上がろうとする身体を、ジルベールが腕を掴んで阻んできた。二の腕を手綱のように掴まれ、腰を打ちつけられる。繋がっていないのに、まるでジルベールと一つになったような錯覚にくらくらした。

（気持ち……いい）

体中を震わせていた快感が、突如じわじわと熱を孕んでくる。

馴染んだ予感に、身体が震える。

「ジルベール、さま……っ」

限界が近いことを訴えれば、腰をさらわれ抱きしめられた。

反対の手で乳房を鷲掴みにされながら、背中いっぱいにジルベールの存在を感じた。

「あ、あ……だめ、――く」

「いけよ」

「――っ!!」

熱っぽい囁きが耳に吹き込まれると同時に、レティシアは初めて彼の腕の中で恍惚を味わった。

第二章　番

目が覚めたとき、レティシアはジルベールの腕の中にいた。

重たいカーテンに閉ざされた部屋には、夜しかない。

(久しぶりにベッドで寝た)

そのせいか、身体が軽い。そして、背中が温かかった。湯たんぽに抱きしめられているような温もりからは、規則正しい呼吸音が聞こえた。

驚いて振り返れば、レティシアを抱き込むようにしてジルベールが眠っていた。

主のベッドで眠るなんて、失態だ。

レティシアは慌てて、でも、寝入るジルベールを起こさないよう気をつけながら、ベッドから下りた。いつの間に脱がされたのか、着ていた服は床に落ちたままになっていた。

薄闇の中、手探りでそれらを拾い上げると、足音を忍ばせ速やかに部屋を出る。背中で扉を閉めて、ようやく胸をなで下ろすことができた。

（私ったら、何をやってるの）

昨夜の痴態を思い出すだけで、頬が火照《ほて》る。

気のせいか、途中からジルベールの口調は流暢《りゅうちょう》になっていなかったか。

組み敷いている相手がハルゲリー伯爵令嬢ではないと気づいたからだろうか。それでも、欲望を満たすためにあんなことをしたのだろう。

『俺は他の言葉が聞きたい』

彼は、レティシアからどんな言葉を引き出したかったのだろう。

変わらないでほしい。

今のままが続けばいいと願ってはいけないのだろうか。

身体は快調なのに、心は重たい。

足を引きずるように扉から離れ、無理やり朝の身支度をした。清潔なドレスに着替え、汚れたものは洗濯籠に入れる。お湯を沸かすついでに、昨日食べ損なった夕食を温め直した。燻製《くんせい》の肉を薄く切り、温めたスープをボウルに入れれば、レティシアだけの朝食が完成した。

発情期の間は、ジルベールはほとんど食べ物を口にしない。

それでなくても、味付けされたものは受け付けないのだから、王宮から配給される食料のほとんどはレティシアの食事だった。

(そうだった。今日はティポーが診察に来る日だったわ)

いい機会だから、番のことも話してみようか。

ハルゲリー伯爵令嬢に出会ったことで、明らかにジルベールはおかしかった。

人前に姿を現す、という禁忌を犯してしまうほど惹かれるものがあったからだ。

動物にとっての番とは、どれほどのものなのだろう。

ティポーは三人目の専属医師で、研究熱心な分、口も堅いと言えば聞こえはいいが、変人すぎて友達がいない、というのが正しい。

彼の研究に対する情熱に、最初こそ興味を示すも、みんなそのうち、熱量の違いに疲れてしまい、遠ざかっていくのだとか。

生物学を研究しているティポーにとって、ジルベールという未知の存在は、どれだけ研究しても飽きない対象なのだろう。

彼が進化すればするほど、ティポーは彼にのめり込んでいく。

ゲルガの生態にも詳しい人だから、番についてもよく知っているに違いない。

でも、もし番の存在を肯定されたら？

彼が明るい口調で目を輝かせながら『番なら引き合わせなきゃ！』なんて言ったら、立ち直れない。

こんな気持ちになるのなら、令嬢を所望しているかなんて聞かなければよかった。

（お茶でも淹れよう）

気分の沈んでいるときほど、穏やかな気持ちになれるものを求めてしまう。

レティシアは棚から紅茶の茶葉を取り出し、ティポットに入れた。

森に囲まれているせいか、レティシアは随分と野生の植物にも詳しくなった。王宮から届けられる茶葉の他にも、森に自生するハーブを乾燥させては飲むようになった。

（昔は、とても森が怖かったのに）

けれど、無知が恐怖心を煽るのだとわかってからは、積極的に知識を増やした。植物や生物の生態を知ることで、森で彼らと共存する術も得た。

不気味な場所も、今は心が落ち着く我が家になっている。

すると、遠くから草を踏む音が聞こえてきた。

（来たのかしら？）

ティポーは舗装された道から獣道に入る際、馬車を降りて徒歩で来る。一応、馬は通れるのだからと何度か言っているのだが、「いいの～、歩くの好きだしぃ」と軽い口調で流されてしまう。

こんな場所に歩いてくる者は、彼だけ。

だから、この足音はティポーしかいない。

手を止め、外の様子をうかがっていると、ややしてバラの茂みから、ひょろりとした体軀の男が大きな革製の鞄を手に顔を出した。

「やぁ、レティ。元気だった？」

伸び放題の赤毛には、どこでついたのか木の葉や種子がくっついている。きっと、ここへ来るまでの間にも寄り道をして研究対象を観察してきたのだろう。

「ティポー、お久しぶり。遠いところをありがとう」

レティシアはくすくす笑いながら近づき、髪についた木の葉を払った。

「なんのこれしき！　ジルベール様にお会いできると思えば、このくらいは苦労とは言わないよ。この間なんかね」

「その話、長くなる？　だったら、先に中に入らない？」

話に熱が入る前に、離宮の中へと促す。

もう何年もハサミを入れていない伸びっぱなしの髪を後ろで一つくくりにし、顔の半分はある黒縁眼鏡をかけた彼は、瘦軀だから遠目では分からないが、近づけば意外とその長身に迫力がある。

貴族の三男で、寝食よりも研究が大好きなティポーは、磨けば光る逸材だと思うが、当人にまったくその気がないのだから仕方ない。そのせいか、服はいつもよれているし、髪も邪魔だからくくっただけとわかるのは、飾り紐ではなくたこ糸を使っているからだ。

「ジルベール様のご機嫌はいかがか？　まだ発情中だっけ？　性格は入れ替わってる感じ？」

「気持ちが昂ぶると獣の彼が出てくるみたい……」

「あれ？　何か気になることでもあった？」

「……昨夜、この辺りをハルゲリー伯爵家の馬車が通ったの。ゲルガに襲われていたわ」

「やっぱりか！　いやぁ、実はここへ来る途中で見慣れない糞があるなぁと思ってたんだ!!　生きてるゲルガに会いたかったぁ！」

驚きと興奮と期待に目を輝かせたティポーが、「あぁぁっ」と髪をかきむしった。

「でも、なんでまた突然？　襲っていたのは一頭だけ？」

相談したかったのは、そこではなかったのだが、ティポーの頭の中は今、ゲルガ一色だ。

「三頭はいたかしら。でも、ジルベール様の威嚇に気圧されて、尻尾を巻いて逃げていったわ」

「うわぁ……ジルベール様、最強」

両手で頬を押さえて感嘆を表現するティポーを睨めつける。

「茶化さないで」

「いや、だって……そう思っちゃったんだもん。素直な感想は大事なんだよ？」

「問題はその先にあるの。ジルベール様、ハルゲリー伯爵に姿を見せたの。馬車の扉を自分で開けたわ。中には伯爵と令嬢がいた」

「――嘘だぁ……」

にわかには信じられなかったのだろう。目が泳いでいる。

だが、嘘をついても誰の得にもならない。事実だからこそ、どうしたらいいか考えあぐねているというのに。

「ジルベール様は、彼女を望んでいるわ」

「本人がそう言ったのかい？」

無言で頷けば、ティポーが「あいつ……」と一人唸った。

「どうしたの？」

「あ、ううん。こっちの話。それで、そのハルゲリー伯爵令嬢ってどんな子だった？」

顎に手を置いたティポーがうかがい顔でたずねた。

どうと言われても……。

「私は馬車から離れていたから顔までは見ていないの」

「でも、ジルベール様が興味を抱く程度には魅力的な子だったんだろうね。その子、処女だったのかな？」

恥ずかしげもなくその言葉を言えるあたり、彼は研究者なのだと感じる。

聞いているレティシアの方が顔を赤らめてしまった。

「そっ、そうだとしたら？　ジルベール様も同じことをおっしゃっていたの」

「生娘を望むのは文献どおりか。いやね、獣化した人間だけでなく、吸血鬼やユニコーンなんかも処女を求めるだろ。動機は同じなのかもね～って、あれ？　レティはもうジルベール様とヤっちゃったわけ？」

「な……ッ」

明日の天気でも聞くような気さくさで投げかけられた不躾な質問に、レティシアは言葉に詰まった。

「な、なんてこと聞くのっ。そんなわけ、ない……からっ」

「えぇ――、嘘だろっ!?　レティも処女なのにハルゲリー伯爵令嬢には興味を持ったのなら、君にはない何かを感じたからだってことだろ。だったら、それが何か知りたくなるのが僕だもん」

口調こそ見た目にそぐわない可愛さだが、言っている内容は辛辣《しんらつ》だった。

「もしかして、番なのかもね」

「――ッ」

のんびりとした声が、レティシアの心に鉄槌を打ち込んだ。

予想はしていたが、専門家の彼から聞きたくなかった言葉だ。

「これまで獣化した者たちは、番を見つける前に死んでしまったから確実とはいえないけれど、ゲルガの毒に侵されているジルベール様にも同じ習性が目覚めたとしても不思議ではないよ。発情期があるなら、番を求めるのも自然なことだと僕は思ってる。そもそも、彼の存在自体が未知なんだから、何があっても否定することはできないよ。……レティはさ、ジルベール様を見ていて、何か気づいたことはない？」

「気づいたこと？」

首を傾げると、ティポーがじっとレティシアの目を見つめた。

「具体的に言えば変化だね。今回の行動もそうだけど、今まではなかったことをするようになったとか。レティからの連絡は〝変化なし〟ばかりだけど、本当にそうなのかな？」

レティシアが報告していない彼の身体能力のことだろう。

「さ、さぁ。どうかしら?」

「僕は、実はもうジルベール様は毒の脅威を克服してるんじゃないかと考えてるんだけど?」

ティポーの見解は、レティシアの予想とおおむね合致している。やはり、ジルベールはゲルガの毒に打ち勝ち、新たな生物への道を歩き始めているのだろう。

今までは、死と隣り合わせの存在だったからこそ、レティシアたちは自由だった。だが、ジルベールが毒の脅威を克服したのなら、話は変わってくる。レティシアが思う最悪の予想が現実味を帯びるからだ。

彼らは、兵器としてジルベールを欲しがるに決まっている。

そうなれば、ジルベールは二度と人として扱われることはない。

(そんな目に遭わせられない)

だから、絶対にジルベールの変化はティポーにも話してはいけないのだ。

「――何も。これまでどおりよ」

できるだけ平静を装ったつもりだった。

ティポーは、探るような目でレティシアを見る。こんなとき、彼の茶色の瞳は、怖いくらいに冷淡な光を宿すのだ。

「ふぅん、そっか。なら、その件はひとまず措いといて、ハルゲリー伯爵令嬢のことだけど、本当に番かどうかはわからないんだよね。だって、たまたま通りがかった馬車に乗っていたのが生娘だってだけなんだから。もしかしたら、普段とは違う匂いに反応しただけかもしれない……」

一人言を呟き仮説を立てていくのを、レティシアは怪訝な目で見た。

「何がおっしゃりたいの？」

「うん、だからね。ハルゲリー伯爵令嬢が特別かどうかを決めるには、材料が足りなすぎるってこと。もっと情報が欲しいな」

「ジルベール様で実験をするのは、お断りします。第一王子ですよ」

眼光を強めて釘を刺せば、ティポーがはっとばつの悪い顔をした。

「ご、ごめん。そうだったね。つい夢中になっちゃって。ぼ、僕はちゃんとジルベール様を人として見てるよ！　神に誓ってもいい」

「そんな誓いは結構です」

レティシアが望むのは、ジルベールが生きること。

彼が望むことなら、どんなことでもする。――そう決めていたのに。

番の存在が出てきただけで、これほど決意が揺らぐのか。

どうして今、自分が不安になっているのか。根底にあるものを知っているくせに、レティシアは認めたくなかった。

自覚してしまえば、今以上のことを望んでしまうのが怖いからだ。

レティシアはもう何も、彼から奪いたくない。

「と、とにかく！　他人に興味を抱いたのなら、それが何なのかは知る必要があるよ！　でないと、これからも同じことをするかもしれないだろっ？　発情って、獣化を抑制するにはけっこう重要なことで。無理やり抑え込もうとすれば獣化が早まるんだ。そうだ！　今度王宮で開かれる仮面舞踏会に出るのはどうかな!?」

思ってもいない場所への招待に、レティシアは面食らった。

「お断りします」

ジルベールが人の目から隠されてきた理由を、彼は本当にわかっているのだろうか。

「大丈夫！　ジルベール様を知る者たちは、みんな過去の彼しか知らないだろ。今の姿を見て誰が同一人物だと思う？」

「そうかもしれないけれど、ジルベール様はお姿が変わられても目立つわ。あの美しい立ち姿を見ても、何も感じないの？」

「そんな盛大に惚気られても……」

ジロリと睨めつければ、ティポーが泡を食ったように会話を続けた。

「僕に任せてよ！　もちろん、レティも参加するんだよ！」

「ちょっ、勝手に決めないで。ジルベール様の意向も聞かずに決めるなんて駄目よっ」

ひと言も行くとは言っていないのに、もう決定事項になってしまっている。

「ジルベール様には僕から言っておく。大丈夫、絶対頷かせるから！　レティだって、駄目とは言いつつも、一度くらい舞踏会に出てみたいだろう？」

「そ……れは」

痛いところを突かれて、思わず口ごもった。

「ほらね！　あぁ、そろそろ王子様のご機嫌伺いに行かないと日が暮れちゃう！　またあとで！」

任せて、と茶目っ気たっぷりに片目を瞑られても、少しも安心できない。

そもそも、どうやってジルベールを説得するつもりなのか。

(ジルベール様が承諾するわけないわ)

彼も自分の立場は理解している。

人前に出て万が一のことがあれば、今までの平穏は崩れてしまうのだ。

誰に干渉されることなく、穏やかに暮らしていきたいだけなのに、どうしてこんなことになったのか。

(大丈夫よ、危険を冒してまで舞踏会に参加するとは言わないはずよ)

足取りも軽く、勝手知ったる様子で離宮の奥へと消えていくティポーに呆れながら、レティシアはどうか無駄足になるようにと祈った。

「――え、参加されるのですか？」

しかし、レティシアの目論見が大きく外れたと知ったのは、その日の夕方のこと。

ティポーは診察を終えて、夜が来る前に帰っていった。

彼が来る日は、昼間も起きているせいか、ジルベールの機嫌は悪い。苛立ちをまとった美貌は、近づきがたいものがあった。

「そうだ」

ジルベールが気怠げに頷く様子に、唖然となった。

「無茶です！　私は……賛成しかねます」

「お前の意見はどうでもいい」

すげない返事に、心が怯む。

「そ……うかもしれませんが、ジルベール様。どうか、お考え直しください。外の世界と関わりを持つのは危険ではありませんか？」

「俺が獣だからか？」

自虐的ともとれる言葉は、まるでレティシアを試しているかのようにも聞こえる。

違うと言えば、きっと彼はレティシアを信用しなくなるだろう。見えすいた上っ面だけの同情など、彼は欲しがらない。

離宮に入るまで、ジルベールは家族からも遠巻きにされていたのだ。

彼を愛していた王妃ですら、奇声を発し、異形の片鱗を見せ始めたジルベールを恐れた。抱きしめることはおろか、近寄ることすらしなかったのだ。

『人外』

『化け物』

『獣堕ち』

心ない言葉は、どれだけジルベールを傷つけただろう。

側で見ていたレティシアの方が、胸が張り裂けそうだった。彼が今、苦しんでいるのは自分のせいだと思うと、いたたまれなかった。

どうしていいか分からなかったから、自分だけは絶対にジルベールを否定しないと心に誓った。

ジルベールは、どんなことになってもジルベールなのだから、と。

だが、ジルベールの言葉を肯定したくもない。

レティシアの中にある彼は、何者であっても揺るがない存在だからだ。

けれど、どんな言葉で伝えればいいかわからない。

ありふれたものでは、きっと彼の心には届かないだろう。

押し黙ると、ジルベールが鼻で笑った。

「そのための仮面舞踏会だ。誰も俺が第一王子だとは気づかないさ。そもそも、そいつはすでに死んでるんだ」

「ですが」

これ以上、自分を蔑む言葉を聞きたくなくて口を挟めば、「くどい」と一蹴《いっしゅう》された。

ジルベールが言わんとすることもわかっている。

レティシアは社交界デビューをする前に、離宮に入ったため、貴族が集まる社交場がどんなところなのか、ほとんど知らない。

しかし、ジルベールは幼い頃から両陛下に連れられ、公式の場に出席している。その彼が大丈夫だと言うのなら、そうなのだろう。

ティポーも研究狂いではあるが、バルテミー子爵《ししゃく》家の人間だ。仮面舞踏会がどういうふうに行われるかも知っている上で、レティシアたちを招待しようとしているに違いない。

「必要なものは、ティポーがすべて揃える。レティシアは当日、ティポーの使いが持って来たドレスを着ろ」

「人が来るのですか……？」

知らない人間をテリトリーに入れることに、ジルベールはなんの不快感も持たないのだろうか。

警戒した声を、ジルベールは聞き流した。

「ハルゲリー伯爵令嬢も呼ぶよう伝えた」

「……そうまでして、お会いになりたいのですか？」

心なしか、声が剣呑になってしまった。

「そうだ」

あぁ、ジルベールはすっかりハルゲリー伯爵令嬢に夢中だ。

事情を知らない人間を入れる危険性を、彼は理解できているとは思えない。判断を狂わせてしまうほど、彼女に会いたいと思っているのだろう。

これが、番というものなのか。

どれだけ胸が張り裂けそうになっても、ジルベールが望む以上、レティシアには拒めない。

「わかりました」

淡々とした口調で告げたのち、レティシアは部屋を出た。

早々に立ち去らなければ、胸に渦巻く悲しみが口を衝いて出てしまいそうだった。

（嫌よ）

彼が自分以外の女性を選ぶ姿なんて見ていたくない。

ジルベールが恋に落ちる瞬間をどうして見なければならないのか。

（これも私への罰なの――？）

こんなことになるのなら、ハルゲリー伯爵の馬車など助けなければよかった。

「――ッ」

浮かんだ残酷な思考に、レティシアは震え上がった。

それはつまり、彼らを見殺しにすればよかったと言っているのも同義だ。抱いた願望の残忍さに、すぅっと体中の血の気が引いた。

（私は……醜い）

獣になったのは、本当は自分なのではないのか。

この身に潜む獣は、年々我慢が利かなくなっている。

ジルベールが欲しいと叫ぶのだ。

彼の愛を受けたい、と泣いている。

そんなこと、叶うはずないのに、願望だけが大きくなっていく。

己の欲深さにも、他人の命を軽んじてしまうことにも嫌気が差した。

いつから、こんなふうになってしまったのだろう。

ジルベールと二人きりの世界は、レティシアのすべてだ。

ずっと二人きりで暮らしていけると思っていた。ここにいれば、彼は誰にも傷つけられない。多少の不便はあるが、心のまま過ごすことができる。そうなるような環境を自分は作ってきたという自負すらある。

だが、ジルベールが毒を克服したことが知られれば、状況は一変するだろう。

平穏は、永久ではなかったのだと思い知らされたのが悲しくて、辛い。

仮面舞踏会になんて、行ってほしくない。

他の人に目を向けないで。

(私を見て――)

愛されなくても、ジルベールが愛おしい。

この気持ちをなんと呼ぶかなど、知っている。けれど、受け入れることも、認めることもしたくない。

自分の感情なんて、この世界にはいらないからだ。

本当は、昨夜この身体を望んでくれたことが嬉しかった。叶うなら、彼と一つになりたかった。

（でも、そんなことをしたら、私は……）

今以上に欲張ってしまうだろう。

ジルベールの迷惑になることはしたくない。

ぎゅっと胸の辺りの服を握りしめ、苦痛に耐える。

その足で温室に向かうと、肌寒さを感じた。

ここで昼寝をするのも、そろそろ限界か。

落葉樹の大樹からは、はらはらと黄金色の葉が落ちてくる。夕暮れ時の斜光に煌めくわたむしは冬の到来を告げる妖精だと言ったのは、誰だったろう。

もうすぐ、この場所もレティシアだけの空間ではなくなってしまうのだろうか。

何も変わりたくない。

倒れ込むようにカウチソファに横になった。胎児みたいに四肢を丸め、きつく目を瞑る。

嫌な現実こそ夢ならいいのに——。

第三章　仮面舞踏会

　獣道を走るのに似つかわしくない飾り立てた馬車が、離宮の前に到着した。

「なんと言うか……君たちはすごいね」

　用意された衣装をまとったレティシアたちを見て、馬車に乗り込んでいたティポーが感嘆めいたため息をついた。

　てっきり、仮面だけをつけて出席するのだと思っていたが、彼が準備した衣装は、もはや仮装の領域だった。

　目元を覆う金色の獣を模したジルベールの仮面にしても、豪奢《ごうしゃ》な青色の羽根が鬣《たてがみ》のようについている。黒で統一した正装姿の胸元を飾る華やかなネックロスの中心には、燦然《さんぜん》と宝石が輝いていた。

レティシアの装いも、彼と対となるものだった。

左側にあしらわれた青色の鳥の羽根が目を引くアイマスクを着け、同じく青を差し色とした白いドレスが美しかった。幾重にも重なった生地が羽根のように軽く、歩くたびに風になびく。広く開いた胸元には、青色の宝石が連なるネックレスが輝いていた。

レティシア一人では、ドレスを着ることも、髪を結うこともできない。この日のためにティポーが手配してくれた侍女がいなければ、到底準備はできなかった。

とは言え、レティシアが離宮によそ者を入れることに抵抗を感じていたのも事実だ。もし、離宮で見聞きしたことを口外されたらと思うと気が気ではない。侍女は、自分が話す内容に自身の命がかかっている事実を知っているだろうか。何より、ジルベールの存在を知られることが怖かった。

しかし、ティポーはさすがと言うべきか、レティシアの懸念を見事に払拭してくれた。あらかじめ、事前に侍女に飲ませた薬で記憶を操作したのだという。彼女は支度が終わると、労を労う間もなく乗ってきた馬車で帰っていった。今頃は、街で選んだお土産を仲間に配っているだろう。

ティポーの配慮はありがたいが、彼の研究への情熱は、時々怖くなる。

「すごいのは、あなたよ。ティポー。こんなにも素敵なものを用意してくれて、ありがとう。侍女のことも感謝しているわ」

　馬車に乗るためのエスコートの手に微笑みながら、感謝を伝えた。

　ティポーは道化師とも言えれば、魔術師とも言える奇天烈な格好をしている。今は外しているが、持っているフルマスクをつければ、絶対に近づきたくない人物になるだろう。

　他人を飾り立てることはできるのに、どうして自分の格好には頓着しないのだろう。彼の感性は不思議だ。

「これくらい、なんてことないよ！　それに出所は」

「ティポー」

　いつも以上にはしゃいだ声を遮ったジルベールは、そっけない口調のまま「お前は早く乗れ」とレティシアを急かした。

　慌てて馬車に乗ると、続いてジルベールも乗り込んでくる。

　当然、ティポーも乗るものだと場所を空けて待っていたが、彼が乗り込む前に馬車の扉は閉まってしまった。

「ティポーがまだよ？」

「大丈夫！　僕は、今回この馬車の御者もすることになってるんだ。それにこれ、二人乗りだしね、乗れないいんだぁ」

「まぁ」

　わざわざレティシアたちを出迎えるために、御者を買って出てくれたというのか。

「申し訳ないわ。前もって言ってくれればよかったのに」

　そう言うと、「僕がしたかったことだから気にしないで」と優しい返事が聞こえてきた。

「あいつが好きでやってることだから、レティシアが気にすることはない。放っておけ」

「そのようなつれないことを」

「事実だろ」

　まだ仮面を被っていないジルベールは、ぷいと横を向いた。

　今日は普段にも増して機嫌が悪い。

　まだ発情期は終わっておらず、昨日までは熱を出していたのだ。絶不調の体調を押して参加する価値があるとは思えないのは、レティシアに後ろめたい気持ちがあるからだろう。

「ジルベール様、やはり今夜はおやめになった方がいいのではないですか。もし、会場で発情が起きたら、それこそ取り返しのつかないことになります」

「俺に指図するな。そのためのお前だろうが」

　要は、ジルベールが発情したときは、レティシアが責任を持って熱を鎮めろと言うのだろう。

人を人とも思わないぞんざいさに、レティシアは視線を下げた。

「……熱は、私が鎮められます。ですが、人の口にまで蓋はできません。ジルベール様が生きておられた、もしくは獣化した者がいるということが知られてしまうのが怖いのです」

彼らは未知なる存在に無条件で恐怖を抱くだろう。恐れる気持ちが広まれば、いずれそれを排除しようとするだろう。

ジルベールの命が軽んじられるのだけは、絶対に駄目だ。

「想定内だ」

「いったい、どれのことでしょう？　ジルベール様で対処できるとお思いですか？　なぜ、国王陛下が離宮にジルベール様を隠されたのか、もう一度お考えになってください！」

「しつこいやつだ。ここまで来て、ぐだぐだ言うな。そんなに嫌なら、お前一人留守番でもしてろよ」

発情したときは世話をしろと言った口で、邪険にされる。

（つれない人）

こんなにも心配しているのに、やきもきしているのはレティシアだけで、当の本人は涼しい顔をしていた。

だが、一度臍《へそ》を曲げてしまえば、何をもってしても彼は意見を覆さない。いよいよレティシアも腹をくくるしかなくなったのだ。

すべては、ハルゲリー伯爵令嬢に会いたいがためだと思えば、彼女が恨めしくすら思えてくる。

これ以上の口論は、水掛け論にしかならないのなら、もう口を閉ざすしかなかった。

ひっそりと息を吐き出し、カーテンに閉ざされた窓へと視線を移した。

(舞踏会か……)

まだレティシアが公爵令嬢だった頃は、両親が着飾って出ていくのを乳母と弟で見送っていた。母のまとうドレスの美しさに憧れ、自分も社交界デビューをすれば、あれが着られるのだと期待に胸を膨らませていた。

(それどころではなくなってしまったけれど)

初めて参加する社交場は、こんなに重苦しい気持ちではないときに行きたかった。

「……そうしていると、いっぱしの令嬢だな」

水を向けられ、視線をジルベールに戻した。

こちらを見つめる赤い目が、目が合った途端に細くなった。

「ありがとうございます」

　レティシアは今年で二十歳だ。袖はパフスリーブから数段重なった繊細なレースが可愛い。ふわりと広がったドレスにもふんだんにレースが使われており、豪奢でありながらも上品さがあった。

　今は、こういうデザインがはやっているのか。

「素敵なドレスですね。でも、一度きりのことなのに、ティポーには散財をさせてしまいました」

「だからどうした。お前に貧相なものを着させるわけがないだろ」

　まるで自分が選んだかのような口ぶりだ。

　尊大な口調に内心呆れるも、すぐに彼の言わんとすることに見当がついた。

（あぁ、ジルベール様と並ぶのにみすぼらしい格好はさせられない、という意味ね）

　王族らしい考えに、レティシアは何も言わなかった。

　視線を膝に降ろすと、令嬢の手とは思えない、あかぎれの指が見えた。これだけは、どれだけ丁寧にオイルを塗り込まれ、爪を整えられても、一夜漬けではどうにもならないものだった。

　せめて、手袋でもあればよかったのに。

　綺麗なドレスに似つかわしくない指を、握りこぶしを作ることで隠した。ほっと息を吐いたときだった。

突然、その手をジルベールに取られた。

目を丸くさせると、銀色の精緻な細工が施されたブレスレットがつけられた。それは、細いチェーンが幾重にもつらなり、手の甲に弧を描いていた。

「ジルベール様、これは？」

「つけていろ」

そっけない口調で、それだけ言うと彼は目を瞑ってしまった。

(私が気にしてたから？)

まさか、と浮かんだ考えを打ち消した。そう都合よく手を飾るものが出てくるわけがない。

なら、彼は前もってこれを用意していたということだ。

(でも、どうして？)

もしかして、ハルゲリー伯爵令嬢への贈り物だったのではないだろうか。

「い、いけませんっ。このような高価な物を」

「うるさい、わめくな」

そう一蹴されれば、口を閉じるしかなかった。

いったい、どういうつもりなのだろう。

ブレスレットを見つめ、考えあぐねていると「よく似合ってるだろ」とジルベールがぽつりと呟いた。

まるで、本当にレティシアのために用意されたもののような口ぶりに、目をまたたかせた。ジルベールとブレスレットを見比べ、レティシアは小さな声で「はい」と答えた。

ジルベールから贈られた初めてのアクセサリーに、心が喜びに打ち震える。

「……とても綺麗です」

さっきまでの浮かない気持ちが、一瞬にして払拭された。

あんなにも行きたくなかった舞踏会が、今は少しだけ待ち遠しい。

王宮に近づくにつれ、喧噪《けんそう》が聞こえてきた。舞踏会に出席する者たちの馬車が道に連なり始めたのだ。

ティポーの馬捌きは見事なもので、大きな揺れもなく、順調に進んでいく。

カーテン越しに窓の外が明るくなったと感じていると、馬車が停車した。

「お待たせしました」

外からかしこまった声がして、扉が開いた。フルマスクをつけたティポーがレティシアたちを見ている。

まばゆい光を背に立つ彼は、異界からの案内人みたいな不気味さがあった。

最初に仮面をつけたジルベールが降り、レティシアが続く。ティポーが手をかしてくれるものと思っていたが、意外にも差し出された手はジルベールのものだった。

「ありがとうございます」

声を潜めて礼を伝え、手を借りて外へ出た。

(本当に王宮へ来てしまったのね)

一度だけ来たことがあるレグティス国の王宮は、記憶よりも美しく壮麗だった。

レティシアたちの馬車は正面玄関の近くまで入ってきたが、本来は、長い階段を上って登城する。

だが、飾り立てた貴族たちがあの階段を最初から上ることになれば、会場に着く頃にはせっかくの衣装が乱れてしまう。階段を省略できることは、貴族たちにとってのステータスのようなものだ。

レティシアの右側に獣の仮面をつけたジルベール、左側に異世界の案内人に扮したティポーを伴い、会場へと進んだ。

白亜の大理石で作られた王宮の回廊は、どこも燦然と光り輝いていて、王宮自体が白く発光しているようにも見える。神殿さながらの神々しさだ。曲面天井には支柱の頭部から広がる複数の線が絡み合い、複雑な模様が描かれている。向かって左側の扉をくぐれば、豪奢なシャンデリアがまばゆいほどの光を放っていた。壁面に飾られた巨大な絵画に、美しい女神像の彫刻や天使の像が、レティシアたちを出迎えている。

幼い頃は、恐ろしいだけだった場所も、今は芸術品の素晴らしさを感じることができた。これらは王家の権威を示すと同時に、国の豊かさをも表しているのだ。

視線をさまよわせないよう努めるレティシアの右隣を、ジルベールは悠然と歩く。彼にとっては見慣れた光景であり、懐かしい場所のはず。

しかし、そんなそぶりはおくびにも出さず、颯爽と歩く姿は、他を圧する気品があった。

綺麗な人だと常々感じていたが、王宮で見るジルベールは圧巻そのものだ。上品さの中にも威風堂々《いふうどうどう》とした威厳と覇気がある。

彼の存在は、この場所でこそもっとも輝く。

先ほどから他者の視線を感じるのも、気のせいではない。

次代の太陽は、まだ沈んではいない。あるべき場所に戻れば、太陽は再び輝き出すのだ。

ジルベールは、どんな気持ちで歩いているのだろう。

城内の回廊を進んだ先に、会場はあった。

開け放たれた両開きの白い扉の向こうは、目がくらむ光景が広がっていた。

「わ……ぁっ」

思わず感嘆の声が零れた。

会場を埋め尽くす、思い思いの衣装をまとった貴族たち。会場内には楽隊が奏でる旋律に、彼らの談笑する声が混じり合っている。ほんの少しだけ照明を落としているのは、人の顔を判別しにくくするためだろう。

給仕の者たちは、みな同じ白うさぎの仮面をかぶっていた。用意された豪華な食事も、給仕たちが運ぶドリンクが入ったグラスも、つい目移りするものばかりだ。

「これが仮面舞踏会」

なんて素敵な空間なのだろう。まるで不思議な世界に迷い込んできたみたいだ。

仮面一つにしても、顔をすべて覆うフルマスクをしている貴族や、レースで目元を覆う婦人、レティシアのように仮面に羽根や蝶を模した飾りを付けて華やかさを出す令嬢たち。衣装もそれぞれのテーマに沿ったものを選んでいる。

「どう、気に入った？」

左隣からティポーに囁かれ、レティシアは無言で何度も頷いた。

これならば、ジルベールが混じっても彼だと知られる心配はないだろう。

「王宮はもっと堅苦しいところだと思っていたわ」

格式を重んじる王家が、遊び心のある舞踏会を開くこともあるのか。

「上流貴族は好んでこの手の舞踏会をするんだよ。階級を気にすることなく振る舞えるのが人気なんだ。普段はできないことも、仮面をつけている間は別人になれるからね」

確かに、仮面をつけるだけで開放的な気分になる。

普段とは違う自分になったような錯覚で、気が大きくなるのだろう。

「中には招待客同士で正体を当て合うゲームも行われるけど、今回はそういう催しはないと思うよ。あくまでも雰囲気を楽しむために開催されているからね。仮面舞踏会は、本来なら話すことすらできない人とも会えるかもしれない。そんな期待を寄せる者も多いんだ。それで、新たな人脈や出会いが生まれることもある。それに、今夜は王族たちのファーストダンスもないし、気楽なもんだよ」

参加者たちは、それぞれ意図や野心があって参加しているということか。

一見しただけでは、誰が何に扮しているかはわからないが、だからこそ、直感や第六感が研ぎ澄まされるのだろう。見た目や周りからの事前情報ではなく、心で選ぶのだ。

ジルベールはこの中からハルゲリー伯爵令嬢を探し出すことができるのだろうか。

もし、探し当てることができたなら、それは間違いなく彼の番だということ。

自分はその光景を目の当たりにしなければならない。

（私に覚悟はある？）

目の前でジルベールが別の女性を選ぶのを、見ていられるだろうか。

考えただけでも、自信がなくなる。

（でも、ジルベール様が望むのなら……仕方がないのよね）

レティシアは、添えていた右手をそっと下ろした。

自分には彼を引き留める権利はないからだ。

ジルベールがちらりと仮面越しにレティシアを見た。赤い目が、まるで作り物みたいだ。

「私はこちらでお待ちしております。どうぞ、お心のままに」

今、自分ができる精一杯の冷静さでスカートの裾を持ち上げ、軽く膝を折った。

その次の瞬間だった。

「――えっ？」

伸びてきた手に腕を取られる。

気づいたときには、ジルベールに腕を引かれてホールの中央へと連れられていた。

「な、何を」

「今夜は舞踏会だ。ならば、することは一つしかないだろう」

反対の手が腰に回ると、ホールドの形を取られた。

重ねた手から伝わる熱さに、ドキリとする。

平然としているように見えるが、熱は引いていないのだ。

「無理はいけません」

「大したことはない。この曲、知ってるよな」

「ですが……あっ」

抗議する前に、力強く身体を引き寄せられた。曲に合わせ、ジルベールがステップを踏む。毒に侵されてからは満足な教育も受けられなかったにもかかわらず、彼のリードは頼もしかった。

「ジルベール様っ」

小声で窘《たしな》めるも、仮面越しでもわかるくらいジルベールは何食わぬ顔をしていた。

「踊れてるじゃないか」

「と、当然ですっ」

これでも、十四歳までは淑女教育を受けてきたのだ。

睨めつけると、ジルベールが口許《くちもと》にニヒルな笑みを浮かべた。

「デビュタント、したかったか?」

思いがけない問いかけに、面食らった。

年頃になれば、父が選んだ相手に手を引かれ社交界に出て行くのだと、当然のように思っていた時期もあった。

ジルベールを許嫁だと紹介されたときは、喜びより戸惑いの方が大きかった。

本当に自分でいいの？

その答えがもうすぐ明らかになろうとしている。

「何度もこの曲で練習したよな。お前はいつも同じ場所で間違うんだ。もうすぐだぞ」

「そんなの……」

いつまでも間違うわけはない。

そう言い返そうとした直後、見事にジルベールの足を踏んでしまった。

予想どおりの結果に、みるみる顔が赤くなった。

「どんくさいやつ」

「し、仕方ないじゃないですかっ！」

最後にダンスをしたのは、六年前だ。

ジルベールに発情期が来て、レティシアはデビュタントどころではなくなってしまった。

それまでも、彼と関われるのはレティシアだけだった。

ジルベールの事情を知り、彼を恐れないでいたレティシアは、唯一の話し相手であり、遊び相手でもあったからだ。

自分自身の変化に身体も心もついていけなかったジルベールは、情緒不安定だった。何がきっかけて爪をたて牙をむくかわからない彼を、誰もが恐れた。

レティシアだけが、変わらず彼を「第一王子ジルベール」として接していた。許嫁である彼をデビュタントに向けてのダンスの練習に誘い、そのたびに彼の足を踏んだのだ。

歌も、ピアノの練習も、一緒だった。

ジルベールは昔から何でも上手にできたから、講師よりも彼に教えてもらうことの方が多かったくらいだ。

ひとりぼっちの彼は、仕方なさそうに、レティシアにつき合ってくれた。

どうして今、そんなことを思い出すのだろう。

楽しくもあり、寂しい思い出だ。

広い王宮には、大勢の人が働いているにもかかわらず、レティシアたちはいつも二人きりだった。広いダンスホールにレティシアたちの声だけが響いていた。蓄音機で流す曲は毎回同じこの曲。

（大好き）

愛されていなくても、ジルベールを思うだけで涙がこみ上げてくる。

彼には辛いだけの時間だったろう。

人が波のように引いていくのを目の当たりにした絶望は、レティシアにはわからない。

未来を約束されていた人が、突然すべてを取り上げられたのだ。

仮面の向こうに見える赤い瞳を、食い入るように見つめた。

彼がレティシアを選んでくれるなら、これ以上の幸せはないというのに。

「ドレスが似合うようになったんだな」

からかいのない声音に、視線を合わせた。赤い目が、レティシアを見つめている。

「似合ってる」

「――っ」

ジルベールから褒められたことなんて、初めてではないだろうか。

信じられない思いで、ジルベールを見つめ返した。

だが、愛する人からの言葉が心を震わせる。

喜びに涙が出てきそうだった。

「ありがとうございます」

かすかに声を震わせながら、そう伝えるだけがやっとだった。これ以上、何かひと言でも告げれば、きっと泣いてしまう。

「お前が一番綺麗だ」

なぜ今、そんなことを言うのだろう。

ジルベールは番に会いに来たのではないのか。

ならば、レティシアに期待を持たせるような言葉は言わないでほしい。

(諦められなくなるもの)

彼がどういうつもりで、レティシアをダンスの相手に選んだのかはわからない。ハルゲリー伯爵令嬢を見つけるまでの暇つぶしなだけかもしれない。だとしても、正式な場で、彼とダンスを踊れた僥倖を嚙みしめずにはいられない。

これが最初で最後のダンスだとしても、一度でいいからジルベールと社交場に出てみたかったのだと、彼と踊れたことで自分の気持ちに気づいた。

自然と口許に笑みが浮かんだ。

すると、ジルベールがそんなレティシアを食い入るように見ていた。

「――笑った」

「え?」

彼が発した小さな呟きは、音楽に紛れてしまった。

目を瞬かせると、ジルベールが焦ったように目を背けた。

どうしたのだろう。

やがて、「楽しいのか……？」と問われた。

珍しく動揺している様子に面食らった。

彼にとっては気まぐれでも、レティシアには念願のことだったなんて、きっとジルベールは知るよしもない。

「はい。とても」

どんな理由であれ、ジルベールと踊れたことは一生の思い出になる。思いがけなく舞い込んだ幸福は、心に埋まった彼への愛おしさを大きくさせた。

「こんなことでいいんだな」

なのに、ジルベールのひと言が膨らんだ愛を切り裂いた。

やはり、彼からすれば「こんなこと」でしかなかったのだ。

——私では満たされない。

自分が感じている気持ちは、ジルベールとは共有できない。その事実が悲しかった。

だからこそ、無理をしてでも番に会いに来たのだろう。

ハルゲリー伯爵令嬢なら、ジルベールは幸せになれる。

レティシアが感じている幸福を味わうことができるのかと思えば、胸が張り裂けそうになった。

どうして、自分では駄目だったのだろう。

繋いだ手をいっそ振り払ってしまいたいのに、この時間が永遠に続けばいいとも思っている。

そうすれば、ジルベールはずっと自分だけを見ていてくれるからだ。

獣でも人間でもない彼だけが放つ色香は、周囲の人間を虜にしている。彼らは、青い鳥の羽根をつけた獣の仮面をつける男の正体を知りたくてうずうずしていた。

もし——。

「もし、あの事件がなかったら、俺たちはどうしてただろうな」

それは、レティシアがたった今思っていたことでもあった。

呟かれた言葉に、レティシアは息を呑む。

見つめる赤色の瞳の奥には、レティシアでは読めない感情があった。

「ジルベール様……」

彼が言葉にしたのは、レティシアが奪ってしまった彼の未来だ。

ジルベールとて、考えないはずがない。

順当に進むべき道の先に待っていた輝かしいものの価値を。まばゆい未来があったからこそ、現状を悔やんでいる。

望まぬ道を無理やり歩かされているジルベールに、自分はどんな言葉をかけられるだろう。

「も……申し訳、ございません――」

一生謝っても足りない。

奪った人生は、どうすれば償えるのか。

(ごめんなさい。ジルベール様)

曲が終わっても、ジルベールは視線を外さなかった。

後悔にまみれるレティシアを見続ける目には、苛立ちすらあった。

「お前は、いつまでそうしているつもりだ」

彼の言わんとすることがわからなくて、口を噤む。見当違いなことを口走り、彼の逆鱗に触れたくなかった。

そんなレティシアを見て、ジルベールが目を眇《すが》めた。

「気に入らない」

そう吐き捨てると、レティシアを置いて踵を返した。

「ま、待ってください！」

呼び止め、あとを追おうとするも、豪奢な衣装をまとった人たちに邪魔され、あっという間に見えなくなった。

(どうしようっ)

人の多い場所に慣れていないせいか、すき間を縫って歩くことができない。

(あぁ、こんなドレス、着るんじゃなかった)

ジルベールの側を離れたくないと想うほど、ドレスさばきがうまくできない。視界を狭める仮面も邪魔だった。

(ジルベール様、待って)

そんな身体で一人にならないで。

青い羽根が消えた方向しか見ていなかったせいだろう。

「あっ！」

遂に招待客の一人とぶつかってしまった。

「も、申し訳ございません」

「いえ、僕の方こそ申し訳ない。ドレスは大丈夫ですか？」

顔を上げれば、目元を仮面で隠した男だった。ティポーやジルベールほど衣装に凝っていないが、身につけている服は裾に精緻な金糸の刺繍が施され、布地も艶めいて上等なものだとわかる。

「はい。お気遣いくださりありがとうございます。では、失礼いたします」

軽く会釈し、ジルベールを追いかけるためにその場をあとにしようとした。

「待って。……もしかして、君、レティシア？」

なぜこのわずかな時間で、レティシアの正体を見破れたのか。

信じがたい言葉に、レティシアは思わず男を振り返ってしまった。

すると、男は「やっぱりそうだ」と嬉しそうに口許を綻ばせた。

「人違いでございます」

誰かも分からないが、正体を知られたくなくてとっさに嘘をついた。

そんなレティシアに、男は周りに視線を配ると、「僕だよ。リュカだ」と小声で告げた。

「え……」

思いがけない正体に、絶句する。

まさか、こんなところでリュカと遭遇するなんて思ってもいなかった。

彼は、ジルベールの事情を知る数少ない一人だ。

「驚いた。君がいるなんて、信じられないよ。ねぇ、レティシア。よかったら少し話せないかな？」

レティシアが覚えている彼は、十四歳までだ。

すっかり大人へと成長した姿は、この国の王太子にふさわしく凛々しかった。

ジルベールを今すぐ追いかけたい気持ちはある。

できることなら、王家との関わりは持ちたくない。ジルベールの現状を知られたくなかったからだ。

しかし、王太子となったリュカの誘いも無下にはできない。

彼はすでにレティシアの名を何度も呼んでいる。なんのための仮面舞踏会なのか。

リュカの迂闊さに臍をかみながら、これ以上人の目のある場所での会話は危険だと思った。

「少しのお時間なら」

頷くと、「やったね」とリュカが無邪気に笑う。

差し出された腕に手を回し、連れだって人気の少ないテラスへ出た。

その間に、給仕からドリンクが入ったグラスを一つずつもらい受けた。

外の風は、寒いくらいだ。

仮面を外すと、懐かしい顔が見えた。

鼻の下に散ったそばかすと、青い瞳をした赤毛の青年が、レティシアを見てにこりと笑った。

「久しぶりだね。七年くらいになる？」

気さくな口調からは、レティシアに対する親しみが感じられた。

「六年になります。殿下」

「やめてくれよ、レティシアに殿下と呼ばれると距離を感じる。これまでどおりリュカでいい」

「ですが」

「僕がそうしてくれ、って言っているんだ」

「……では、リュカ様と」

「うん。そうしてくれ」

満足そうに頷き、リュカがテラスに肘をついた。

「元気だったか？」

「はい。おかげさまでつつがなく暮らしております。これも王家の方々のお慈悲があってのことだと感謝しております」

「大げさだな。僕たちは保身のためにああせざるを得なかった。まだお元気なのか？」

「――はい、お変わりありません」

「すごいな。二十歳までは生きられないと言われていたんだよ。そうか、生きてるのか。嬉しいものだ」

驚愕に目を大きくしながら、リュカが感慨深く息をついた。

「レティシアは、今後どうするつもり？」

「今後とは？」

言わんとすることの意図がわかりかねて、レティシアは怪訝な顔をした。

「役目を終えたあとのことだ。社交界へ戻ってくるつもりはあるのか？」

ジルベールの死後については、何も知らされていないが、王家としてはレティシアを生かしておくつもりはないだろう。適当な理由をつけて……いや、そもそもレティシアは今、自分が社交界でどういう立場にあるのかすらもわからない。療養中とされているのなら、病が悪化して死去とできるだろうし、そうでなくても不慮の事故死ということもできる。王家の手にかかれば、レティシア一人の命くらいいかようにもできるからだ。

レティシアですら容易に想像できる終焉を、リュカが思い至らないわけがない。

「君さえよければ、僕が手伝ってあげることもできるよ」

リュカはどういうつもりで話しているのだろう。

意図を探るように見つめていると、リュカが目を細めた。

かつて、ジルベールも同じ色の瞳をしていた。蒼穹を映し込んだような蒼をもう一度見ることができるなんて思わなかった。

「私のすべてはあの方と共にあります」

だが、彼にどんな思惑があろうと、レティシアの心は決まっている。ジルベールのいない世界など考えられなかった。

断言すると、リュカが嬉しそうに口端を上げた。

「そんなふうに想ってもらえるのが羨ましいよ。君は昔からずっとそうだった。レティシアの視線の先にいるのは、常に一人だけだった」

「あの方は私の恩人です」

レティシアには彼に報いる義務があるのだ。

「恩人ね……」

「リュカ様？」

意味深な口調に目を瞬かせると、「いや、なんでもないよ」と笑顔を向けられる。取り繕ったような微笑はジルベールとはまるで違っていた。

（こんな方だったかしら？）

嘲るような笑みは、誰に向けられたものだろう。

大人になったリュカは、今は見上げるほど大きくなった。

顔立ちこそ似ていないが、口調はまだ第一王子だった頃のジルベールとよく似ている。声の張り方も、話す速度もそっくりだった。

リュカは昔からジルベールに懐いていたからこそ、似ているのだろう。

「ところで、なぜ舞踏会に？　一人……のわけはないか。来てるのか？　君のダンスの相手だった彼がそう？」

六年も離れていたのだ。会いたいと思うのは自然なことだ。

しかし、不用意な行動は、ジルベールの今後にも影響してくる。誰が見ているかもわからない場所で、ジルベールと引き合わせるのは危険でしかない。

「今宵は仮面舞踏会。仮面に隠れた素顔をのぞくのは野暮というものですわ」

「兄弟の再会を拒む権利は君にはない。返答次第では不敬罪に問うこともできるんだが、この程度のことで地下牢に入れられたくないだろう？」

「物騒ですのね。私にはあの方をお守りする義務があります。それに、離宮から出てはいけないという制約はございません」

罪を犯してはいないと主張すれば、リュカがこれみよがしに鼻で笑った。

「だが、なんのために離宮へ追いやられたかを考えれば、わかることでもある。あそこでの暮らしに辟易していたから、舞踏会に来たんじゃないのか？　聞けば、何もない場所だというではないか」

リュカは離宮の存在を知ってはいるのだろうが、訪れたことは一度もない。彼だけでなく、王家の誰もジルベールを見舞ってはくれなかった。

それだけでも、王家が彼を見限っていることは想像がつく。

「私はあの方の望みを叶えるまでです」

「兄上は僕とは会いたくないと君は言うのか？」

わずかにリュカの声音が低くなった。

ジルベールは、王宮に来るまでの間、一度たりとも家族の話を口にしなかった。どういう思いを抱いているかは彼にしかわからないが、再会を期待しているのなら、何かしら仕草や表情に表れてもいいはず。

（いいえ、会いたくなどないんだわ）

王家がジルベールにしてきたことを思えば、会いたいと思うわけがないのだ。その証拠に、彼は離宮でも家族のことは言わないからだ。

「今さらでございましょう？　死者に会えるのは、魂が肉体を離れたときのみです。次の太陽となられる方が、いつまでも故人に心を囚われていてはいけません」

「そんなこと、君に言われたくないっ」

この場にそぐわない大きな声に、はっとする。

リュカも取り乱したことに動揺しているのか、「すまない」と額を覆って頭を振った。

今の言葉は、どういう意味だったのだろう。

「リュカ様？」

答えを待つが、リュカはそれきり口を閉ざしてしまった。ばつの悪い横顔を黙って見つめる。その表情には苦悶の色が見えた。

（あぁ、そうか。苦しいんだわ）

神の遣いと謳われたジルベールは、今も国民の胸の中に忘れられない存在としてあるのかもしれない。第一王子の死去という形で王太子の座に就いたはいいが、ジルベールの存在が彼を苦しめているのだろう。前任者が完璧だったからこそ、国民は比べずにはいられないのだ。

『ジルベールとは違って』

そんな心ない言葉を受けてきたのかもしれない。

しかし、リュカに非はない。ジルベールが特別だっただけだ。

「あの方が築いた栄光は、すべて過去のものでございます。残された軌跡に囚われることなく、新たな太陽となられるリュカ様がこの国と民を導いてくださると信じております」

「心にもないことを言うんだね。それとも、彼でないなら、誰でも同じとでも思ってるのか？」

ひねくれた口ぶりは、いっそ自虐的ですらあった。

「まさか。そのようなこと思うわけありません。リュカ様が思う賢王になられることが大事なのではないでしょうか」

ジルベールが国王になれば素晴らしい賢王になっただろう。

だが、そのことと、彼にジルベールの代わりになれというのは、違う。

リュカは眩しそうに目を細め、レティシアの言葉を聞いていた。

「どうして君は僕の許嫁じゃなかったんだろうな」

やりきれなさを滲ませた言葉は、苦しげだった。

「そうしたら、僕の側で君は今みたいに励ましてくれたのかな」

「リュカ様の側にも、支えてくださる方は必ずいらっしゃいます」

レティシアの知る限り、彼に許嫁はいなかった。今夜、一人でいるのなら、まだ決まった相手は見つかっていないのだろう。王太子となった今、婚約相手は国内に限らない。王家の結婚は国と国とを繋ぐ重要な政治手段でもあるからだ。

ジルベールの場合は、たまたまマルシェリー公爵家だったというだけだ。

「君がいい。そう言ったら、君は僕の側に来てくれる」

「私には荷が重すぎます。どうぞ、ご容赦ください」

「冗談だろ、元第一王子の許嫁だった君が？　それも、まだ彼がいるから？　だが、王家が危険と判断すれば、処分されること知らないわけがないだろう？　十一年だぞ。なんの変化もないわけがない。本当はとっくに獣堕ちしているんじゃないのか？」

「……」

ジルベールに対する中傷が始まると、いよいよ会話の終わりを感じずにはいられなかった。

リュカには王太子の座は重荷なのかもしれない。

とは言え、レティシアにしてやれることもない。

レティシアが命を捧げたい相手は、ジルベールだけだからだ。

死と隣り合わせの恐怖に怯えながらも、毒と戦っている姿を見ていたのなら、軽々しくジルベールを罵《ののし》ったりなどできないはずなのに。

彼はジルベールの何を見ていたのだろう。綺麗な姿をしていなければ、敬愛する価値もないとでも言うのか。

誰であろうと、ジルベールを悪く言う人と会話などしていたくなかった。

「リュカ様、これにて失礼いたします」

「つれないな。昔はもっと寄り添ってくれてたじゃないか」

レティシアを引き留めようとする姿を、冷めた目で見返した。

「子どもの頃の話ですわ。誰が見ているかもわかりません。どうぞ手を放してください」

できることなら、自分の方から振り払ってしまいたいくらいだ。

「そんなにあれが心配？　僕がこんなにも君を必要としているのに？」

「失礼いたします」

レティシアには、他人の弱音と泣き言を受け止められるほどの余裕があるわけではない。

不敬を承知で一方的に会話を終わらせると、リュカが悔しげに表情を歪めた。

「待って！」

踵を返した直後、伸びてきた腕に後ろから抱きしめられた。

「――ッ!!」

その直後、おびただしいほどの怖気が背中を這い上がった。

ジルベール以外の温もりに、猛烈な嫌悪を感じたからだ。

「は……離してくださいっ！　声を上げますよっ」

「ごめん。でも、僕を嫌ってないなら、抱きしめて励ましてほしい。君に頑張れって言われたら、きっとこれからもできる気がするんだ。——レティシアが好きなんだ」

熱烈な告白に息を呑んだ。

リュカがそんな目で見ていたなんて知らなかったからだ。

思いがけない出来事に、すぐには動けなかった。身体を強ばらせ、じっとしていると

「……ごめん、迷惑だよね」と、リュカが腕を解いた。

「——申し訳ございません。私は……リュカ様のお気持ちには応えられません」

王太子から求愛された事実より、温もりが離れたことにほっと胸をなで下ろす。

まだ皮膚の下がぞわぞわしていた。

無意識にぎゅっと左手で右腕を握って、動揺を押し殺した。

「知ってるよ。だから、ごめん。今のは忘れて」

「……失礼いたします」

逃げるように、その場をあとにした。全身にまとわりつくリュカの匂いがただただ不快だった。

けれど、なぜこんなふうに思うのか、わからなかった。

◇◆◇

イライラする。

人間の匂いも、レティシアの態度も、ままならない身体も、何もかもがうんざりだった。

ジルベールを呼び止めようと、まとわりついてくる貴婦人たちの細腕を振り払い、外へと逃げた。

六年ぶりの王宮は、ジルベールが知る場所とは、何もかもが様変わりしていた。

会場は人間たちの吐く息と、体臭と、テーブルに並べられた豪奢な料理の匂いと、熱気に満ちたひどい場所だった。

彼らが話す声は、もはや雑音でしかなく、どんな小さな声ですらジルベールの耳は拾ってしまう。悪意に嘲笑、社交辞令でしかない世辞。どれも耳障りだった。

体調が万全でない中、挑んだ仮面舞踏会。

来たはいいが、今は後悔しかなかった。

夜風の清涼さが肺を満たすと、ようやく息をすることができた。熱のある身体に、風の冷たさが心地いい。

（レティシアが来たいって言ったんだろ）

なのに、どうして彼女は浮かない顔をするのか。

ジルベールにそのことを告げたのは、専属医であるティポーだった。

『口では反対してたけど、興味はありありだったよ。だって、舞踏会は女の子の憧れの場所じゃん。綺麗なドレスを着て、素敵な王子様と出会うことを、み〜んな夢見てるんだから』

さも訳知り顔で舞踏会の意義を説くも、なぜかティポーが「あぁ、恐ろしい」と身震いしていた。

社交場は結婚相手を探すには、うってつけの狩り場だ。誰もが捕食者であり、同時に誰かの獲物にもなり得る。

そんな貴族社会の空気が合わないティポーにとって、社交場は恐怖の場なのだ。

だが、彼は説く相手を間違っている。

『知ってる』

これでも、元第一王子。

大人たちが目をぎらぎらさせながら、ジルベールをどんな目で見ていたかくらいはよく知っていた。

だが、レティシアが舞踏会に興味を持っていたことは、忘れていた。

（そういえば、よくダンスのレッスンをしてたんだっけ）

記憶の彼方にある、自分が人間だった頃の思い出だ。

運動神経は、おっとりとした見た目を裏切らず、お世辞にもいいとは言えなかった。いつも同じところで足を踏まれてしまう。そのたびに、レティシアは申し訳なさそうに下がり目をさらに下げていた。

（あ――、可愛いかったな）

今も十分可愛いが、あの頃はまだ彼女が自分のなんであるか自覚はなかった。

しかし、そのときにはもう自分の周りにはレティシアしかいなかった。みな、波が引くようにジルベールから離れていったからだ。

ゲルガの毒に侵されたジルベールは、少しずつ狂っていった。

身体の内側に住み着いた得体の知れない獣は、昼夜を問わず咆哮を上げていた。

寄こせ、と。

苦しかった。

怖かった。

獣の声に支配されるのではと、目覚めてからはろくに眠ることもできなかった。

目に映るものすべてが憎らしく、衝動的に破壊していた。八つ当たりだと言ってもいい。

自分が壊れる代わりに、周りにあるものすべてを壊してきた。

毒による肉体的な苦痛を味わっていた方が、はるかにましだったろう。

次第に周りの者たちから、嗅ぎ慣れない匂いを感じるようになり、それが自分への畏怖だと気づくと、ますますジルベールは破壊衝動を抑えきれなくなった。

自分が自分以外のものへ変わっていく実感を打ち払うように、物に当たった。そんなジルベールを見て、ますます周囲の者は恐れを抱くようになる。

負のループに陥っていることがわかっていても、ジルベールにはどうすることもできなかった。

レティシアが見舞いという名の謝罪に来たのは、獣に心を半分食われかけていたときだった。

ジルベール自身、あの頃のことはよく覚えていない。

『ジルベール様……』

人の住む場所でなくなった部屋に、一人で入ってきたレティシアは、恐怖が両足はすくんでいた。声は震え、ジルベールを見る目にはありありと怯えた光があった。

『ジルベール様、よかった――っ』

それでも、彼女はジルベールに近づいてきた。

おそるおそるではあるが、ゆっくりと近づき、手を伸ばしてきた。

四つ足になった自分が、警戒心から背中を丸め、うなり声を上げているのを見ても、レティシアは逃げなかった。爪でその細い腕を引っ掻いてもだ。

彼女からもジルベールを恐れる匂いがしたが、それ以外の匂いもした。

『ごめんなさい。私の人生を、ジルベール様に捧げます』

誰からも感じなかったそれは、ジルベールが心地いいと思うものだった。

獣に取り込まれかけていた意識が再び自分のものとなったのは、それからだ。

レティシアといるときは、獣が大人しくなる。

人間に初めて心許した野犬のように、ジルベールは積極的に彼女を側に呼んだ。ジルベールの中の獣が、彼女に懐いた。

獣の気持ちに引きずられるかのように、ジルベールもレティシアのことを好ましく感じていた。自分を恐れない唯一の存在がいる。その事実が嬉しかった。

彼女がいれば、自分は獣に食われない。

だが、いつまで？

獣化が進めば、レティシアとて自分を恐れるかもしれない。

不安は鬱憤《うっぷん》という形で表面化し、レティシアに向けられた。

我ながら、随分と意地悪なことをした。嘘の約束の時間を伝えて待ちぼうけにさせたり、到底弾けないような難解なピアノ曲をせがんだりもした。

寝られない日は、レティシアにも眠ることを許さなかった。一晩中、話し相手をさせたこともある。

口答えを許さず、機嫌のいいときは可愛がり、そうでないときはぞんざいにした。

レティシアはジルベールに人生を捧げた身なのだから、どう扱おうとジルベールの自由のはず。

ジルベールの行いを誰もが見て見ぬ振りをした。天使のようだった第一王子はもういない。獣に心を食われる憐れな王子を責める者は、レティシアをのぞいて王宮には一人もいなかった。

思惑どおり、レティシアは一度もジルベールに刃向かわない。

小言は言うが、最終的には必ずジルベールの望みを叶えようとする。

ジルベールが十五歳のとき、初めて発情し、レティシアに襲いかかったあとですら、彼女はジルベールの側を離れることはなかった。

『ごきげんよう、ジルベール様』

数日後に、何食わぬ顔で現れたときは、馬鹿なのかと本気で思ったほどだ。

人生をジルベールに捧げる。

彼女の立てた誓いは、ジルベールが想像している以上だった。ひたすらに一途に、一点の曇りもない贖罪という名の思いが、彼女を搦《から》め捕っているのだろう。

そんな彼女が不憫だとすら思えた。

ゲルガの毒に命を落とさなかった事実を幸運と感じているのは、誰なのだろう。

発情したのは、レティシアだったからだ。

レティシアと二人きりの世界があればいい。

ジルベールの願望は、ほぼ叶っている。

足りないのは、彼女からの愛だけだ。

すべてはジルベールのものと言いながら、ジルベールの気持ちを無視し続ける。国王からの密命をいまだに捨てられずにいる。

ジルベールの望みを叶えたいと言いながらも、碧色の目は終焉にしか向けられていない。人生を諦めているからこそ、彼女は望みを持たない。

手を焼くほどの頑固さで、ジルベール至上主義を演じているが、そういうことではないのだといつになれば気づくのだろう。

（どうして、あんなに美味そうなんだ。早く気づけよ）

悩ましいほど魅力的なレティシア。

ここ最近は、彼女を貪りたいとジルベールの中の獣が騒いでうるさい。

彼女が生娘なのが理由だとしたら、ハルゲリー伯爵令嬢を見たときに答えは出ていた。

仮面舞踏会に来たのは、レティシアが望んだからだけではない。

ジルベール自身、彼女を試したかった。

ハルゲリー伯爵令嬢という格好の駒が現れたことで、レティシアの心が揺れ動くことを狙ったのだ。

理由なんて決まっている。

レティシアこそ、ジルベールの番だからだ。

あの柔肌を思うがまま貪りたい。皮膚を破り溢れる血で喉の渇きを潤わせたい。

彼女でなければ、自分は満たされないのだ。

十一年前の事件がなければ、彼女は今、自分の側にはいなかった。ジルベールがそう仕向けていただろうからだ。

ほんの少し、身の丈を知ればいいと仕組んだ出来事は、ジルベールの予想を覆す出来事がいくつも偶発したことで、最悪の結果を生んだ。

言うなれば、ジルベールの采配ミスだったのだ。

天候が突如悪化したことも、ゲルガが森に潜んでいたことも、万が一のことを考え小屋の存在を教えたにもかかわらず、レティシアが森をさまよい歩いていたことも、ジルベールには想定外だったのだ。

『ジルベール様が迷子になっていると思ったの』

レティシアが小屋を出た理由を、ジルベールはのちにベッドの中で聞いた。

おおかみ役を買って出たジルベールは、彼女が小屋に隠れるだろうことを予想していた。だからこそ、足音がそちらへ向かっていった事実に、数を数えながらほくそ笑んでいた。

まんまとジルベールに踊らされたレティシアがつまらなかった。

この程度のはかりごとにも気づけないのでは、ジルベールの妃にはふさわしくない。

自分はいずれ王太子となり、王座に就く。当然、隣に立つ妃には聡明さと冷静さが求められた。顔立ちは愛らしいが、レティシアが誇れるものは家柄と容姿くらいしか見受けられない。話す言葉は丁寧だったが、知性や聡明さは感じられなかった。

(はずれだな)

適当な理由をつけて破談にするしかない。

婚約期間が長くなれば、それは難しくなるだろう。

ならば、それは早いことにこしたことはないのだ。

ジルベールは手間をかけさせられることが嫌いだったのだ。

時間を潰し、頃合いになったら屋敷に戻り大げさに騒げばいい。

レティシアがいなくなった、と。

それまでに彼女が眠りから覚めるかは賭けでしかなかった。

もし、そうそうに目を覚まし、小屋を出てきたなら別の手段を考えればいい。その程度の奸計だった。

だが、天候が急変したことで、ジルベールは屋敷に戻らざるをえなくなった。

小屋にレティシアを残すことは心残りではあったが、子どもの足では今から彼女のもとに向かうのは無理だった。

それよりも、応援を呼んだ方が確実だ。

大丈夫、レティシアは小屋に隠れている。

この事実で自分を安心させ、ジルベールは急ぎ屋敷に戻った。ずぶ濡れになったジルベールを見て、使用人たちは血相を変えた。それよりもさらに顔を青くしながら、ジルベールは用意していた言葉を叫んだのだ。

「レティシアがいなくなったんだ！」

捜索隊はすぐに出た。ジルベールは彼らがレティシアを連れてくるのを部屋で待っていればよかった。

ある程度、どこで見失ったかは伝えてある。彼らは小屋を探すはずだ。

だが、捜索隊がレティシアを連れては来なかった。ジルベールが伝えた場所にレティシアはいなかったというのだ。

「小屋は？　ちゃんと探したの!?」

捜索隊がくまなく探したが、レティシアはいなかったという。ならば、彼女はどこへ行ったのか？

そこで、痛恨の過ちを犯していたことに気づく。

なぜ自分は、レティシアが小屋にいるかを確かめてこなかったのだろう。

幼い身体は、この雨にどこまで耐えられるだろう。

捜索隊の存在に彼女は気づいただろうか。

いや、今連れ帰ってこれなかったことがその答えだ。

いても経ってもいられず、ジルベールは部屋を飛び出した。

レティシアの悲鳴よりも、獣の声が耳に届いたのは、あの場にいた中でジルベールだけだったという。

もう一度、捜索隊を出し、ジルベールが森に入ったときだ。

ゲルガに襲われるレティシアを守らなければ。
身体はその一心のみで動いていた。
毒をこの身に受けたのは、自業自得。神がジルベールに下した罰なのだ。
レティシアの命を軽んじ、危険に晒した罪を、自分は命をもってあがなっている。
人にも獣にもなれないでいるのは、犯した罪を忘れさせないためだろう。

レティシア──。

彼女もまた消えない罪を背負っている。
咎を抱かせたのは、自分。
彼女が歩むべき道を奪い、ジルベールのためだけに生きている。
「く……ふ、ははははっ」
囚われているのは、どちらなのか。
望めば、レティシアはなんだって差し出すだろう。
命すら手放すことも惜しくはない。そう思っていることくらい知っている。
(そんなものが欲しいわけじゃない)

望んでいるのは、もっと別のもの。
だが、彼女の認識が変わらない限り、それを手にすることがないことも分かっていた。
レティシアの行動の根底にあるのは、贖罪だ。
ジルベールの想いとは土台が違う。
長引く発情が、レティシアを求めているからだなんて、本人は気づきもしないだろう。
彼女に奉仕されるたびに、獣性が滾る。
いつ細首に食らいついて、彼女を孕ませてやろうかと、それればかりが頭を占める。
はたして、この衝動がいつまで抑えられるだろう。
本能が伴う欲は、強烈だ。
それが、番と定めた相手ならなおこのこと。
ジルベールはそう遠くないうちに、彼女に手を出すと確信していた。
人である自分は彼女の心を求め、獣である部分が彼女の肉体を欲している。
レティシアの肌の甘さを思い出すだけで、股間が痛い。
番を前に指を咥えて見ている理由？
そんなの——愛しているからに決まっている。
（あ——……、まずいな）

レティシアを抱きたくておかしくなりそうだ。

人が大勢いるこの場所でも、無意識に彼女の匂いを探している。

だからだろう。不快な匂いに苛立ちがこみ上げてきた。

「いい加減、出てきたらどうだ」

レティシアとは違う、だが最近嗅いだばかりの生娘の匂いだ。

茂みに声をかけると、黄色のドレスを着た令嬢が出てきた。

「お気づきになられてましたのね」

背中を覆うまっすぐな赤毛の髪に、目鼻立ちのくっきりとした顔立ちをした令嬢が、ジルベールを見つめ恥ずかしそうに頬を染めた。

「先日は、危ないところを助けていただきありがとうございました。ひと言お礼を申し上げたいとお目にかかれるのを楽しみにしておりましたの」

「そう」

気のない返事にも、ハルゲリー伯爵令嬢は顔色一つ変えない。それどころか、うっとりと目を細めている。おおかたジルベールと再会できたことに高揚し、状況が見えていないのだろう。

「ジルベール殿下」

名を呼ばれ、令嬢を睥睨した。

死んだとされているが、格下の者に気安く名前を呼ばれるのは不快でしかない。伯爵令嬢風情が本来、許しもなく名を呼ぶことはおろか、勝手に言葉を交わすことなどあってはならない。

「お姿が変わられても、私には分かります。毎日、殿下の肖像画を見ておりますもの。銀色の御髪もとても似合っておりますわ。なんて美しいのかしら」

興奮した様子に、ジルベールは舌打ちをしたくなった。

正体を隠すための仮面を外してしまった迂闊さすら腹立たしい。

「ジルベールは死んだ」

「いいえ、目の前にいらっしゃいます。たとえ、あなたが亡霊だとしても、私はかまいませんわ。神が私の願いを叶えてくださったんですもの！　私、ずっと願っていましたの。ジルベール様に会わせてください、と。あぁ、なんて素敵なのかしら！　あの場で出会ったのはきっと運命だったのですわ」

自分勝手な解釈は、ただただ耳障りだ。

レティシアなら、こんな甲高い声では話さない。ジルベールが心地いいと思う声音を彼女は熟知しているからだ。彼女の少しゆったりめの柔らかい声が好きだ。

どんな教育を受けてきたら、こんなに程度の低い令嬢になれるのか。

褒められるのはせいぜい顔立ちの良さくらいで、あとはレティシアの足元にも及ばない。

上品さの欠片も感じない立ち居振る舞いに、うっかり爪が伸びてしまいそうだ。

「ジルベール様が私を舞踏会に招待してくださったのですよね！　招待状が届いたときは天にも昇る気持ちになりましたわ。贈り主はバルテミー子爵からでしたが、私には分かっていました。だって、ジルベール様がくださった赤色のバラと同じ香りが招待状からしましたもの！　私、とても嬉しかった……。ジルベール様も私にもう一度会いたいと思ってくださったんだとそう思ってもいいんですよね」

まったく見当違いな妄想は、もはやジルベールが止める隙もないほど暴走していた。

（招待状？　あぁ、そういえば手配するように言ったな）

レティシアを嫉妬させるためだけに呼び寄せた令嬢のことなど、覚えているわけがなかった。

自分が当て馬であることも知らず、一人舞い上がっている姿は滑稽でしかない。

（あぁ、苛々する）

人間と関わることが、こんなにも苦痛なのか。

屋外にいても、令嬢から薫るすべての匂いが鼻につく。

振りすぎの香水も、上気した汗が蒸発する臭いも、あからさまな好意も、ジルベールの感情をざわつかせた。

（く……そ——ッ）

ジルベールにとっては、取るに足らない存在でしかないのに、生娘の発情した雌の気配が、獣性を焚きつけてくる。

レティシアを欲しがりすぎて、身体がいうことを聞かない。

ぞくり……と覚えのある感覚が、背筋を這った。

「——っ、は……」

自分を求める雌を前に、理性で抑えつけていたものが今、解き放たれようとしている。

前のめりになり、ジルベールは胸をかきむしった。

両目を見開き、荒い息を繰り返す。

またたく間に、額から玉のような汗が滴り落ちてきた。

（駄目、だ）

自制を失いかけている身体が忌々しい。

なんのためにままならない身体を抑圧し続けてきたと思う。

ジルベールが欲しいのは、こんな安っぽい匂いがする女じゃない。骨の髄までジルベールに染まった唯一の女だ。

（レティシア……ッ！）

「ジルベール様……、いかがなさいました？」

突然苦しみ出したジルベールに、ハルゲリー伯爵令嬢がこわごわ声をかけた。

「大丈夫ですか？」

こちらに差し出された手に、うなり声が出る。

（や、め……ろ。俺に近づく……ナ）

心は拒んでも、吐く息はどんどん荒くなる。爪が伸び、牙が伸びてくるのがわかった。

ぎらつく縦長の瞳孔で獲物を見定める。

あぁ、食らいたい。

「ひ……っ」

むき出しになった鋭い犬歯を見た令嬢が怯んだ直後、ジルベールが飛びかかった。

「ジルベール様、いけませんっ!!」

喉元に牙が届くすんでのところで、レティシアに抱きしめられる。開いた口を彼女の細腕が覆った。

「――ッ!!」

牙が皮膚を破る感覚が歯茎から伝わってくる。

驚愕と、獲物を仕留めた歓喜に身体が震えた。

溢れた血が口腔に滴り、喉を潤す。

初めて口にしたレティシアの血は、これまで口にした何よりも美味だった。

「ぐ――グ、ぐゥ……ッ」

「だい……丈夫、ですよ。落ち着いて」

腕に嚙みつかれた痛みに耐えながら、レティシアがジルベールの顔を覆うように被さってきた。

その直後、彼女の身体から、雄の匂いもした。

(――誰、だ……ッ)

猛烈な怒りが怒濤のごとくわき上がってくる。

誰がレティシアに触れた。

発情の熱に憤りが加われば、理性ががりがり削られていく。

(俺ノ、番に……何を、シタ)

「ガ……アァアッ!!」

「大丈夫ですっ、落ち着いて。もう怖くないですよ。私がずっと側にいます。だから、負けないで」

ジルベールの頭を抱えながら、レティシアが囁きかけた。

駄目だ、離れろ。

雄の匂いをつけたまま触れるな。

――食ラッテ、ヤ……ル。

「ア、あ……アァっ!!」

「大丈夫、大丈夫ですよ。ごめんなさい、辛いのですね」

レティシアは何度も「大丈夫」と繰り返し、ジルベールの頭を抱きしめ続けた。

決して声を荒げることなく、囁きかけるような声音で告げる言葉が、鼓膜をくすぐる。

その間も、ジルベールは理性と欲望の狭間でもがき続けた。

レティシアを傷つけたくないのに、彼女についた雄の匂いがジルベールを獣へと堕としていく。

爪が伸びた手でレティシアの細腕を握る。

牙と爪で傷つけられた腕は、血まみれだった。

それでも、レティシアは痛みよりもジルベールの身を案じ、安心させるように微笑んでいた。

「レ……ティ」

彼女の血と汗の匂いに、血が沸き立つ。それでも、ほんの少しだけ理性を取り戻すことができた。

「い……や、だ――」

「はい。もう大丈夫です」

抱きつけば、同じくらいの強さで抱きしめられた。縋るように、細い身体を抱きすくめる。

そんな様子に、ハルゲリー伯爵令嬢が腰を抜かしながら茫然としていた。

「ば――、化け物……」

「違います」

ジルベールを労る口調とは打って変わった強い声音が、令嬢を一蹴した。

「このことを口外することは許しません」

「な、何を偉そうに。わ……私を誰だと思ってるの」

「黙りなさい」

異議を許さない声音は、圧倒的だった。レティシアが醸す威圧感にハルゲリー伯爵令嬢はぐうの音も出ない。当然だ。レティシアは公爵令嬢であり、ジルベールの名誉のために心ない糾弾に耐えてきた者だ。伯爵令嬢ごときが太刀打ちできる相手ではないのだ。

「命が惜しくば忘れなさい。いいですね」

痛みで辛いのだろう。

令嬢を見据える横顔には、冷や汗が滲んでいた。それでも、まっすぐ見据える視線は揺らぐことはない。ジルベールを守るように腕の中に抱きしめる姿は、凜としていた。

「や、やっと追いつい――っ」

そこへ遅れてやって来たティポーが状況に絶句した。

ジルベールの顔をショールで包んで抱え込むレティシアと、腰を抜かしているハルゲリー伯爵令嬢がにらみ合う光景に、状況の悪さを察したのだろう。

ティポーは着ていた派手な外套を脱ぐと、それでジルベールを覆った。

「すぐ馬車を裏手に回す。君たちはそれで離宮へ戻って。ここは僕に任せて」

「お願い。――さぁ立って、歩いてください」

小声だが、強い口調でせき立てる。

レティシアの力では、ジルベールを支えられないからだ。否が応でも馬車までは歩かなければならなかった。

ジルベールの脇に身体を滑り込ませたレティシアの肩を借りながら、どうにか立ち上がる。

「ぐ、ぐ……ぅ」

番の匂いに誘われるように、一歩一歩地面を踏みしめ歩く。

二足歩行がこれほど難しい行動だと感じたのは、今日が初めてだった。

「頑張って」

それでも、レティシアに励まされれば、意地でも歩く。

待っていた馬車に乗り込んだときには、自分が何に乗ったのかも理解できていなかった。

ただ、レティシアに言われるがまま足を動かしたという認識しかなかったからだ。

馬車の中でも、レティシアはジルベールを抱きしめたままだった。

遠ざかっていく喧噪と、薄くなる人間の匂いにほっと身体から力が抜けた。すると、一度は鎮まった獣性が、また疼いてきた。

レティシアの匂いに満たされた空間で、本格的な発情が始まったのだ。

離宮に戻ると、ジルベールはレティシアの手を振り払い、這うように自室へ戻った。自由が利かない身体はひどく重たい。鉛を引きずっているような感覚すらあった。

扉の中へ雪崩れ込むと、背中で締めた。

「入って……くる、な」

彼女を思いやっている余裕などあるわけがない。

こうしている間も、レティシアを孕ましたい欲求が渦巻いているのだ。

「ジルベール様っ、お側に置いてください！　なんのための私だと思っているのですか!!　早く鎮めなければ——っ、そんな状態で一人になるのは危険なのですっ。発情を無理やり抑え込むことは、獣化を早めることになるのですよ」

「……る、さいっ」

早く逃げろ。俺の理性が残っているうちに、赤いバラの中まで逃げてくれ。

この扉一枚が、ジルベールに残された理性であり、レティシアへの労りなのだ。

「身体がお辛いのでしょうっ。私がお慰めします。この身はジルベール様のもの。どんなふうに扱ってもかまわないのですよ。いつもみたいにしてください！」

違う。ひどくしていたのは、お前がそれを望んでいたからだ。

(俺は……優しく、したい——ん、だ)

早く愛していると言いたいのに。

「お前、なん……か、いらないっ」

だから、贖罪だけでその身を明け渡そうとするレティシアはいらない。

そんなことをしたって、彼女は永遠に手に入らないからだ。

他の男の匂いをまとわせるレティシアとこれ以上一緒にいたら、間違いなく彼女を壊してしまう。

「嫌ですっ。ジルベール様が煙たがっても私はお側にいると決めているんです！」

「同情は……うんざり、だ」

「違います!!」

そう言うと、レティシアはどこかへ走って行った。

遠ざかる足音にほっとしたのも束の間、彼女は再び戻ってきた。

「ジルベール様、下がってくださいっ!!」

意を決した声がした次の瞬間、銃声が鳴り響いた。

鍵を粉砕された扉に、ジルベールが茫然自失とする。

まさか、彼女がこんな荒技に出るなんて想像もしていなかった。

鈍い音を立てて、ゆっくりと扉が開いていく。

「は……はは」

猟銃を手に、丸い月を背に立つレティシアの神々しさに、呆気に取られすぎたのか、もう笑うしかなかった。

ジルベールのなけなしの防壁は、たった今、破壊された。

自分の人生でこんなにも尊く、心震わせる存在はいない。

「私は一度も同情などしたことはありません。ずっと、ずっとあなたの側にいられることが嬉しかった。世界から隔離されたこの小さな箱庭に、私の幸せは詰まっているんです。ここでなら、ジルベール様を誰にも奪われることはないんですもの。私だけの王子様でいてくれる。ハルゲリー伯爵令嬢なんかに目を向けないで。あなたも、この場所も、誰にも渡したくない。あなたが死ねと言うのなら、私は喜んで命も差し出します。でも……、あなたがいない時間なんて私には耐えられない。なんの価値もないんです。愛されなくていい。ジルベール様はいつだって自由でいてほしい。でも、……お願い。私をいらないなんて言わないで。私の幸せを奪わないで……！」

堰を切った告白は、熱烈だった。

彼女がこれほど自分の気持ちを言葉にしたことがあっただろうか。

ジルベールが予想もしていなかった想いの羅列に、耳も思考も機能しきれていない。

（俺の側にいることが幸せだって……？）

あんなろくでもないことしかさせていなくても、レティシアは幸せだったと言う。

「な……ぜ、だ」

レティシアの心がわからない。

今は難しい言葉は理解できなかった。

「他の……男の匂いをつけてるくせに」

自分でも、何を言っているのかわからなかった。

詰ると、レティシアが寂しげに笑った。

「だったら、ジルベール様が消してください。私はジルベール様だけがいい」

どうあがいたって、自分はこの運命から逃れられない。

全身全霊で目の前の女を求めている。

もし殺されるなら、それはレティシアがいい。

――もう限界だ。

ぐるる、と喉が鳴る。

身も心もとうに手に入っていた。あとは愛だけ。

まだ彼女から薫ってくる男の残り香が憎々しくて仕方がない。

——俺のモノ……だ。


ぎらつく赤色の目で、番を見定めた。

そのとき、ふとこれまでに嗅いだことのない甘い匂いがした。鼻孔から体内に入った途端、ぶるりと全身が震える。ジルベールに残されていたぎりぎりの理性をそぎ落とした。

「レティシア——」

喘ぐように愛しい人の名を呼んだ直後、ジルベールの意識は途切れた。


月明かりが、蔦のように絡まり合う二人を照らしていた。

ジルベールは、夢中で組み敷いた女を貪っていた。

どこもかしこも甘い。

柔らかな皮膚を舌で味わい、牙を立て、彼女に自分の証を残した。

誰にも渡すものか。

レティシアの全身から匂い立つ香りが、ジルベールを誘惑し続けている。

柔肌から滲む血を啜り、労るように舌で傷痕を舐める。腰から下が信じられないくらい気持ちよかった。全身をくまなく舐め上げ、彼女の身体に残っていた雄の匂いをすべて舐め取った。

柔らかいもので締めつけられる感覚に、何度も熱が爆ぜる。そのたびに胴震いをしながら、一滴も零さないよう入念にすり込み続けた。彼女の身体から自分の匂いがするまで、精をすり込み続ける。

肌と肌がぶつかる。

少し湿り気を帯びた音と、女の嬌声《きょうせい》に欲情が煽られた。

「あ……ぁ、あ」

もっと聞いていたい。

でも、甘い声を紡ぐ唇も味わいたかった。

両手で彼女の頬を包み、口腔に舌を挿し込む。滲み出る唾液を啜りながら、またゆるり、ゆるりと腰を動かした。

(あぁ、美味い)

組み敷いている女はどこをしゃぶっても、美味だ。

こんな存在は、一人しか知らない。

「レティ……シア」

言葉になった声を耳が拾ったことで、ジルベールはふと我に返った。

はっ……、と悩ましげな息を吐きながら、女を見下ろす。カウチソファに茶色の長い髪が波打っている。碧色の下がり目を蕩けさせ、上気した頬がなんとも美味そうだ。いつもはジルベールの欲望を咥える唇が、半開きになっている。指を差し込み、中を掻き混ぜれば、小さな舌がしゃぶりついてきた。唇を窄ませ、舌を絡ませる仕草は、口淫を彷彿とさせる。

（あ……あぁ、俺は何をしてる、んだ）

意識が朦朧とする。

それでも、快感に身体は従順だった。

より深くレティシアを貪らんと、限界まで欲望を押し込めている。膨らんだこぶが入り口を塞いでいるせいで、当分は繋がったままだ。

どれだけ、腹の中に注いだのだろう。

わずかに膨らんでもまだ薄い腹を手で押せば、レティシアは「ひぃっ」と身体を痙攣させた。

「ジルベール……さ、ま。だめ――、今イってる、の……に」

きゅうっと欲望を締めつける仕草に、レティシアの内壁が歓喜している。忙しなく蠕動しながら、ジルベールに吐精《とせい》を促していた。

「あっ、あぁ……あっ」

駄目と言いながらも、恍惚を浮かべる嬉しそうな笑みを浮かべながら、レティシアもまた半分意識を飛ばしている。突き上げるたびに甘い声を震わせていた。

「レティシア……、俺の、だ。お前が番だ」

ジルベールも精を吐き出しながらも、腰を動かすことをやめない。レティシアの身体を反転させ、後ろから彼女を責め立てた。

「だ……め、なの……に、――あぁっ」

腕を伸ばし、上へ逃げようとする身体を引き戻し、背中に覆い被さる。うなじに顔を寄せ、噛みついた。

「い――っ、あぁ！」

「どこにも行くな」

「でも……んぁ、あっ、あぁ」

揺れる豊かな乳房を両手で鷲掴みにし、尖頂を引っ張った。硬く凝ったものを指の間で転がしながら、その感触を楽しむ。

レティシアにはいつまでも、触れていたい。

ずっと貪っていたい。

ジルベールを締めつけるこの感触を知ってしまったら、離れられるわけがなかった。

怒張したもので秘部の中を掻き混ぜるたびに、白く泡立ったものが溢れてくる。

「こんな……こと……はぁっ、んん」

「誰も俺たちを咎めない」

実感がないのなら、理解できるまで教え込むまで。

「レティシア、幸せだろ」

「それは……あっ、あ――ぁ、はんっ、ぁ！」

子を孕む場所を脅かすほど深く欲望を差し込み、先端を押しつけながら円を描くように腰を動かした。

「ひ……ぃ、あ」

「この腹が子種で膨らむまで注いでやる」

「そ……んな」

「嬉しいって言えよ」

言い聞かせるように耳元で告げれば、きゅうっと秘部が欲望を締めつけてきた。

「そう、いい子だ」

かなりの精を放ったからか、意識も鮮明になってきている。

渇望していたレティシアを得られたことで、ジルベールの中の獣もとりあえずは納得したのだろう。

ここからは、ジルベールが主導権を握る。

レティシアが振り向くまで待つつもりだった。いくらでも待てると思っていた。

しかし、思いのほか、身体の限界はすぐそこまで来ていたらしい。

自分が死ねば、レティシアもまた生きてはいられないだろう。

ジルベールを失った悲しみからではない。

国王が彼女を生かしておくことはないからだ。


——俺のものだ。

誰かに奪われるくらいなら、お前が抱える贖罪ごと食らってやろう。

◇◆◇

離宮に戻って、どれくらいの時間が過ぎたのかも分からない。

レティシアは、ジルベールの上を跨がせられながら、腰を振っていた。

際限のない快楽がレティシアを蝕んでいる。

「あっ、あ……ん、んはっ、あぁっ」

身体を支える手の指は、ジルベールに搦め捕られている。強く握りしめれば、同じ強さで握り返された。下から間断なく突き上げてくる怒張した欲望で、内壁をごりごりと擦られる感覚が気持ちいい。

「これ……だ、め。また……イっちゃ、う」

「あぁ、締まりがきつくなってきた」

愉悦に染まったジルベールの声も、かすれている。

「擦られるだけでは、物足りないだろう。中に注いでほしいか？」

「ん、んあっ！　あっ、あぁ」

答えを促すように、突き上げが強くなった。振動に身体ががくがくと揺れる。

「レティシア、搾り取れ」

「ひ――っ、あぁ……っ、あっ、んはっ、や……ぁあ！」

腰を両手で固定されると、ジルベールが本格的に腰を使い出した。今までの獲物をいたぶるような動作ではない、獣欲に満ちた腰遣いに自制心が焼き切れそうになる。

呑み込みそこなった唾液が口端から零れる。涙でぐっしょりと濡れた頬に、また新たな雫が筋を描いた。

「イく……ッ、ぁ……あぁっ!!」

咥えているものが、ぐん……と質量を増した次の瞬間だった。

「いいぞ……イけ」

「い……あぁぁ——ッ!!」

もう何度目かもわからなくなった絶頂感に、全身がわななく。きつくジルベールのものを締めつけながら、レティシアは強烈な悦楽に身を投じた。

彼の上に倒れ込むも、繋がったままの欲望はまだ抜けない。

(まだ……終わらない、の?)

ぞっとする予感に、秘部は淫らな期待にきゅうっと彼のものを締めつけた。

注がれすぎた腹は、子を孕んだみたいに膨らんでいる。揺さぶられるたびに、注がれたものが振動していた。

(も……抜い、て)

これ以上は、指一本だって動かせない。

ジルベールの身体の上で息も絶え絶えになっていると、背中を撫でる手の感触に全身が震えた。

「んっ」

感じすぎて、今はどこを触られても反応してしまう。

これがジルベールの発情なのか。

ごろりと身体は反転させられ、ベッドに縫い付けられる。脚を大きく開かされると、ジルベールが繋がったままの欲望で再び秘部の中を擦り始めた。

「は……ぁ、あぁ……」

こぶが抜けない限り、行為は終わらない。

では、いつ彼は満足するのだろう。

彼はレティシアを「俺の番」と呼んだ。

ハルゲリー伯爵令嬢ではなく、レティシアを選んだ事実に歓喜したいのに、ジルベールは決定的な言葉をくれない。

(私のこと……どう思ってるの？)

緩やかな律動が生む刺激に、背筋が震えた。前後に揺れる乳房に彼の視線が注がれている。ジルベールは口端に笑みを浮かべながら、それに手を伸ばした。

尖頂を親指の腹で、優しく撫でる。

そんなわずかな刺激すら、レティシアには苦しく、幸せだった。

「堕ちてこい、レティシア。俺の番になれ」

なりたい。

彼が求めてくれる。

番になれば、ジルベールを誰にも奪われなくてすむのだ。

ずっと、彼の側にいられる権利が欲しい。

けれど……。

(だめ……頭が回ら、な……い)

ジルベールと関係を持ってはいけない理由があったはずなのに、彼と紡ぐ快感が気持ちよすぎて、考えたそばから思考が溶けていく。

「喉……かわい、た」

喘ぎすぎて、喉がからからだ。

「あぁ、飲ませてやる。俺がイったらな」

「ひ……ぐ、あぁっ」

膝が胸につくほど折り曲げられ、最奥を熱い塊で穿たれた。

「レティ……ッ」

熱っぽい囁きに、胸が締めつけられる。

「赤ちゃん……できちゃ、う……の、に」

「好きなだけ孕めよ」

「や……あぁ、あっあん、んっ、んあ！」

赤い目が、欲情に潤んでいる。

汗を滲ませる必死な表情は、六年間で一度も見たことがない。

流されているのは分かっていても、……愛おしさは止められなかった。

ジルベールが求めてくれるのなら、いいではないか。

この身も自分の人生も、とうの昔に彼へ捧げている。

彼が欲しいというものを、レティシアは一度だって拒んだことはない。

ならば、これも同じことだ。

「——っあぁっ!!」

また注がれた精に、全身が歓喜に震えた。同時にレティシアも強烈な快感に襲われる。

長い間、レティシアの中に入っていたものがずるりと抜け出ていく。

（あ……）

ほっとしたいのに、空虚感に襲われ不安になった。

離れたくなくて、脚を彼の腰に絡めると、ジルベールがふと表情を和らげた。

「喉、渇いたんだろ」

そう言うと、ジルベールがレティシアの口許に欲望を持ってきた。

こぶは鎮まったものの、まだそれは十分に漲《みなぎ》っている。

レティシアはなんの躊躇もなく、口を開いた。今まで自分の中に入っていたものを口に入れることに抵抗はなかった。

こうすれば、極上の甘露を味わえるのをレティシアは知っている。

「美味そうにしゃぶるんだな」

前髪を指で梳かれ、うっとりと薄目を開けた。

屹立に舌を絡ませ、出してと促す。数えきれないほどしてきた行為だ。徐々にジルベールの顔から余裕が消えた。口から零れる熱っぽい吐息に、吐精の兆しを感じる。

（早く）

口を窄ませ、強く吸い上げた直後、喉奥に待ち望んでいたものがとろりと流れ込んできた。あれだけ出してもまだジルベールの精は濃く、多い。

口の中に溜めると、ジルベールが欲望を引き抜いた。

「飲めよ」

許しが出て、ようやく味わうことができる。

レティシアは甘露をゆっくりと味わい、嚥下した。それだけで秘部がきゅんと疼き、軽い絶頂感に襲われた。

「俺のを飲んで感じるのか。とんだ淫乱だな」

レティシアを揶揄《やゆ》する言葉は辛辣だが、ジルベールの表情は満更でもなかった。

「この程度で満足するなよ」

白濁で濡れた唇をジルベールが指でなぞり、レティシアの口の中へと押し込む。口腔で暴れる指を舌でなだめると、ジルベールが再びレティシアの中に潜り込んできた。

第四章　変化

レティシアが太陽を見たのは、ジルベールの発情が鎮まってからだった。

いったい、仮面舞踏会からどれだけの時間が過ぎたのか、レティシア自身わからない。

離宮にはレティシアたちしかいないからだ。

誰に気兼ねすることなく、いくらでも自堕落になれる環境は、レティシアたちを限りなく獣に近い姿に変えていた。

服を着たのも、ジルベールのベッドから出ることができてからだ。

それまでは、求められるまま身体を重ね、疲労感に押し流されるように眠りにつく。喉が渇けば、彼の精を飲み、そのまま行為に及んだ。

不思議と空腹感はなく、ジルベールも発情中はほとんど食事を必要としない。

抱き合って眠るだけの生活に時間の流れなど関係なく、厚いカーテンが作る薄暗い部屋の中で、レティシアたちは睦み合っていた。

しかし、ジルベールもようやく満足したのだろう。

徐々に、レティシアを求めてくる頻度が減り、何もせずともレティシアを抱きしめて眠るだけで満足するようになった。

二人分の体液と鮮血が染みこんだシーツには二人の匂いがべったりとついている。換気すらしていない部屋がよほど居心地がいいのだろうか。ジルベールはレティシアを抱き込みながら、すやすやと寝息を立てている。彼がこれほど深く眠るのは珍しかった。

「よかった」

しかし、いくらジルベールの腕の中が居心地がよくても、限度があった。

そっと抜け出し、手近にある服を手に取った。

ジルベールのシャツは肌触りもよく、滑らかでとろみがある。

勝手に彼のものを拝借することに気が引けたが、ドレスを一から身につける気力はなかった。

頻繁《ひんぱん》に肌を合わせているときは気にならなかったが、頭と身体の熱が引けば、冷静さが戻ってくる。

あれから、ハルゲリー伯爵令嬢はどうなったのだろう。

ティポーに連絡を取り、確かめなければ。

レティシアは自室へ戻り、ティポーに手紙を書くためペンを取る。窓の外を見るが、伝書鳩の姿はない。

だが、伝書鳩が来ていないところを見れば、ティポーからの連絡はないということだ。

顛末は気になるが、いくらレティシアがこの場でやきもきしたところで、状況は変わらない。

（それに、問題なく対処できたから、急いで連絡を入れる必要もないのかもしれないわ）

楽観的な見方で不安を無理やり取り払い、レティシアはたまりにたまった仕事をするために、いつものドレスへと着がえた。

着ていたシャツを脱ぎ、姿見の前に立つ。腕についた噛み傷や爪痕も、ティポーが来たときに診てもらわないと。

全身に散らばる赤いうっ血痕と歯形には、苦笑するしかない。

ジルベールの劣情は強烈だった。

自分は、そんな彼の熱を受け入れてしまった。仕方がなかったとはいえ、国王との制約に亀裂を生じさせてしまった事実は変わらない。

際限なく注がれた子種が残る下腹部を、レティシアはそっと撫でた。

ジルベールはレティシアを番に選んだ。

では、自分は？

彼の想いに応えてしまいたい。

ジルベールの側にいるのは、自分でありたい。その権利が目の前に差し出されたのだ。

受け取らないという選択肢は選びたくない。

（私は何を迷っているの？）

わかっている。国王との制約を反故にする恐怖だ。

もう自分たちの世界とは交わることのない人たちだが、今の暮らしができているのは、制約があるおかげでもあるのだ。

ジルベールに危害が及ぶようなことはしたくない。

誰かに取られたくもないくせに、いざ番の座を与えられると尻込みしている。

人生に幸福を望んではいけないと思っていた。

自分たちに未来などない。あるのはどう死ぬか、それだけだった。

ジルベールからすべてを奪った自分は、何も望んではいけないのだと思っていた。どれだけ彼が恋しくても、希望なんて持たない。側にいるのは世話をするためで、期待などしてはいけなかった。

レティシアは、生きることを諦めていた。犯した罪を罰してもらいたかった。ひどく扱われるほど、ジルベールに償っているような気分になれた。

(ジルベール様は、どうして私を番だなんておっしゃったのかしら)

彼と死ぬ覚悟はあっても、愛に生きる未来は怖い。

だって、そこに彼はいないのだ。

ジルベールのいない世界を見ていたくなかった。そんなものを生きるくらいなら、どうか今のまま彼と死なせてほしい。

際限なく注がれた子種がどうか命を宿していませんように。

今は、そう願うしかなかった。

(そうだわ。リュカ様に見つかったことも知らせておかないと)

言葉を交わした時間はわずかだったが、昔ほど彼を好意的に見ることはできなくなっていた。告白も、聞いたときこそ驚いたが、どこか違和感があった。

(私を側に置きたいなんて、……本心とは思えない)

でも、このことで、リュカがジルベールを敵視するようなことにならなければいい。

これまでは、視界に入らなかったから気にする必要はなかった。

しかし、一度人が暮らす社会に出て来たなら、二度目があると考えるかもしれない。そうなれば、ジルベールは一気にリュカにとって邪魔者になるだろう。

(今の生活を壊さないで)

最期《さいご》のときまで静かに暮らしていきたいと願うのは、いけないことではない。

しばらくは、夜の散歩も控えた方がいいだろう。

いつどこで王家の者がジルベールを監視しているかわからないからだ。

いつもの服に身を包むと、不思議と気持ちが引き締まった。

少し空腹感を覚えて、台所へ向かう。簡単な軽食を作り、温室へと持って入る。カウチソファで食べ始めたが、普段とは違う味わいに首を傾げたときだ。遠くから足音が聞こえてきた。

二人きりの離宮でレティシア以外に足音を立てられる人物は、一人しかいない。

だが、今はまだ日中だ。

ジルベールが自室から出てくるわけがなかった。

(誰?)

一気に警戒心が膨らんだ。

駆け足でやって来る足音の主が顔を出したのと、レティシアがナイフを手に構えたのが同時だった。

「――ジルベール様……？」

顔を出したよもやの人物に、レティシアは呆気に取られた。

全裸で立つ彼は、レティシアの顔を見るなり、あからさまにほっとしている。

寝癖のついた銀色の髪を右手で掻き上げながら、入り口の桟に額を押しつけた。

「何やってるんだ」

少し咎める口調に、レティシアは絶句していた。

ジルベールから苦しんでいる様子は感じられない。瞳孔も大きくなっていなければ、陽光の眩しさに怯えているふうでもなかった。

「ジルベール様こそ、何を……」

信じられない光景に目が釘付けになっていた。

ゲルガの毒に侵されて十一年。ジルベールが日の光を浴びている。

「……お、お身体におかしなところはありませんか？」

獣化した者が、日の光を克服したという事実はあっただろうか。いや、ティポーはそんなことは言っていなかった。

これまでの症例とすべてが異なってきたジルベールは、ついに新たな境地へ足を踏み入れたのかもしれない。

「苦しくはありませんか……？　今が日中だと、気づいていらっしゃるんですよね」

レティシアの動揺に、ジルベールも自分の変化に気がついたのだろう。

最初こそ目を見開いていたが、すぐに興味をなくしたように表情を消した。

「レティシアはどう思う？」

「どうって……」

レティシアは食い入るようにジルベールを見つめ、ある可能性に気がついた。

「すでに日の光は克服していたのですか？」

問いかけに、ジルベールがふいと顔を背けた。

「――嘘……」

彼らしくない仕草だからこそ、事実なのだと知った。きっと、いつものジルベールなら、微笑んでみせただろう。

偽っていたことがばれたからこそ、珍しく動揺してしまったのだ。

いつからだろう。

変化の兆しなど微塵もなかった。ずば抜けた身体能力に目覚め始めた頃だろうか。ならば、すでにそのときには、獣化に適応していたということになる。

「どうしておっしゃってくださらなかったのですか？」

すると、諦めたようにジルベールが息を吐いた。

「――レティシアは俺が人であってほしいのだろう」

投げやりな口調は、拗ねているようにも聞こえた。

ジルベールの言い分は間違っていない。

彼が何者でもいいと思いつつも、人であり続けてほしいと願っていたのは事実だ。

なぜなら、獣堕ちしたなら、自分は彼を殺さなければならないからだ。

だが、彼の言葉は「レティシアが悲しむから」と言っているふうにしか聞こえない。

そんな都合のいいことがあるだろうか。

自分の命が危険に晒されることよりも、レティシアの気持ちを優先してくれていたのだ。

「だから、ジルベール様はずっと日の光を避けていらっしゃったのですか？」

太陽の日差しがどれほど安らぐか、レティシアは知っている。

「いつからなのですか？」

「四年前」

離宮に来て、二年後だ。

身体能力が上がった頃と一致する。

(そんなにも前からだったなんて)

四年もの間、太陽に焦がれていたジルベールを想うと、胸が痛む。隠していた理由がレティシアのためだと言うのだ。

思わず、ジルベールに手を伸ばし、抱きしめていた。

「なんだ」

言ってくれればよかったのに、なんて言えない。

「……これからは、思う存分外に出られますね」

夜の散策も好きだったが、明るいときの散歩もきっと楽しいはずだ。春の柔らかな日差しに光る新緑、夏の厳しい暑さを和らげてくれる大きく枝を広げた梢、紅葉に染まった落葉を踏みしめて歩く金色の道、一面の銀世界が広がる冬。

今までは、一人で見ていたものを、ジルベールと一緒に見ることができる。

それが嬉しかった。

「よかった……。また日差しの下に戻って来られて」

抱きしめる腕に力を込めると、ジルベールも抱きしめ返してきた。

「少しは詰れよ。こんなときまで喜ぶなんて馬鹿な奴だ」

仕方なさそうに、だが少し困った顔をしながらも、その声はどこか嬉しそうだ。

「私がおたずねしなければ、これからも言わないつもりでした？」

赤色の目をのぞきこむと、ふい……と視線を外された。

無言の肯定には、ため息しか出ない。

「俺は人ではない。だが、獣でもない。お前はどうする」

逸らした視線を戻したジルベールの表情は、真剣だった。

レティシアが恐れているのは、彼が獣になることではない。

ジルベールがこの世界からいなくなることだ。

だが、レティシアの危惧をよそに、彼はとっくに変貌を遂げていたのだ。

彼は今、レティシアに迫っている。

もしかしたら、ジルベールはレティシアが受けた密命を知っている――？

「お前は、俺を殺すのか」

やはりそうだ。

「ど……して、そのことを」

彼はどこまで自分の状況を把握しているのだろう。

問いかけた声が、かすれている。

「我が父のことだ。俺が考えつかないわけがないだろう。俺が王でも同じことをしただろうからな。獣堕ちした者が王族だったなど、国民に知られるわけにはいかない。何を渡された。短刀か？　いや、毒だな」

第一王子という身分をなくしても、彼の性分は王族なのだ。

しかし、運命は誰も予想していなかった方向へと、すでに舵を切っていた。

レティシアの願いは昔から一つきりだ。

だが、叶えるためにはレティシアは大罪を犯さなければならない。

その覚悟があるか。ジルベールはそれを問うているのだろう。

答えられずにいると、ジルベールに両手を取られた。訝しむレティシアを前に、その手を自ら首へとやる。

「強く持て」

彼が言わんとすることに、レティシアはおののいた。

「何をおっしゃっているのです……。そのようなこと、できるわけありませんっ」

「もう一度聞く。お前はどうしたい？」

「私は……っ、ジルベール様。お願いでございます。どうか手を外させてください！　この体勢は嫌ですっ」

「俺の命を狩るよう命じられているのにか？　俺は獣堕ちした。父上の密命を遂行するのがお前の役目だろう？　どうした、やらないのか」

「嫌……やめてください！」

「やれよ！」

「できない!!」

レティシアは悲鳴じみた声で叫んだ。

（あ……あぁ、答えなんて出ているじゃない）

レティシアはジルベールを殺せない。

どうして、この手で彼の命を狩り取れるだろう。

（私にはできない）

心を決めれば、不思議なくらい心を囲っていた殻が剝がれていった。

「私には……ジルベール様を殺せません」

「どうして」

愛しているから。

救いを求めるようにジルベールを涙目で見つめた。綺麗な赤色の瞳を食い入るように見つめる。

ジルベールは首にかけた両手をゆっくり顔まで持ち上げると、両方の手に頬ずりをした。

その仕草が、獣が甘えてくるときに見せるものに似ていた。

両手を握り込まれ、額を擦り合わせられた。

「レティシア、どうして?」

そんなに優しい声でたずねないで。

「言ってよ」

ねだるように、乞うように、ジルベールが囁いた。

伝えてもいいのだろうか。

ジルベールの人生を変えた自分が、彼に愛を囁くことは許されるのか。

「だって……、――てる、から」

それでも、他でもないジルベールが望んでいるのだ。

自分は、彼の望むことをしたい。それが、レティシアの信条でもあった。

「もう一度言って」

「……愛、してる――から」

叶わぬものと諦めていた想いが溢れ出た。

「ジルベール様を愛してる。ど……どんなことをされてもよかった。あなたがいなければ、私は……とても生きてはいけなかった」

「あの雨の日のことだな。あれはもういい。レティシアが気に病むことは、一つもないんだ」

「違うっ、それだけではないのです。ジルベール様が私をお側に呼んでくださらなければ、家族からも見放された私は、領地の隅へと追いやられていました」

「どういうことだ？」

顔を上げたジルベールの美貌には、驚愕が広がっていた。そういえば、一度も話したことはなかったのだと気がついた。

てっきり、知っているものだとばかり思っていたが、思い返せば、自分のことで手一杯だったジルベールに、レティシアの事情を知る余裕などあるわけがなかったのだ。

今さら隠しておく理由もなく、レティシアはすべてを告白した。ゲルガに襲われたあとのことすべてを。

父に見限られてしまったこと。屋敷内で居場所がなかったこと。本当はジルベールの見舞いのあとに、領地へ連れ戻され、病死したとし、家を追い出される予定だったことを。

「ジルベール様が次に会う約束をしてくださらなければ、私は今頃、貴族令嬢ですらなくなっていました。ジルベール様だけが私を必要としてくださいました。ジルベール様のお側にしか私の居場所はなかったのです」

レティシアは失いたくなかった。なくなってしまうことが怖かった。

誰からも愛されない現実なんて知りたくない。

「俺たちは、お互いに一人ぼっちになっていたんだな……」

孤独を埋めるように、レティシアたちは肩を寄せ合ったのかもしれない。

あのときから、お互いが唯一の存在になった。

裕福な身分に生まれても、必ずしも幸せだとは限らない。

レティシアたちは、見捨てられた者同士だったからこそ、抱えた傷の痛みを知っていたのだ。

(あのときから、私にはジルベール様だけだったの)

答えを見つけてしまえば、どうして自分はどうでもいいことに悩まされていたのかとすら思う。

ジルベール以外、この世界に大切なものなどない。

どちらともなく顔を寄せ合い、口づけた。

腕を首に絡めれば、ジルベールもレティシアを強く抱きしめた。

バラの木に絡まる蔦のように、抱きしめ合い、貪り合った。

カウチソファに座ったジルベールの上に跨がり、夢中で口づけを交わす。

前に回った手が、前開きのボタンを忙しなく外していく。

「ん……」

期待がこもった吐息が、零れる。

顔を反らせ、ジルベールの頭を抱き込んだ。すると、鎖骨にふくみ笑う息がかかった。

「そんなものがまだ美味いのか」

脈絡のない声に、ふと薄目を開けて視線を巡らせる。テーブルに置いてあった食べかけの軽食のことだ。

「レティシアは俺の前で食事をしないんだな」

両手で乳房をもみしだきながら、今さらな質問を投げかけた。

「ジルベール……様が、不快に思われないため、です。私たちの食事は匂いすら辛いでしょう?」

人間の食べるものを受け付けなくなった彼は、料理の匂いも敬遠するようになったからだ。

最初こそ一人ぼっちの食事に寂しさはあったが、慣れてしまえばどうということもなくなった。

「てっきり、生肉を食らう俺が嫌なんだと思っていた」

「まさか――。そんなこと思うわけ、ありませんっ」

だとしたら、生肉を捌く時点で根を上げていただろう。彼が食する肉はすべてレティシアが獲ってきているものだからだ。

「今度二人で食べてみるか。新鮮な肉は美味いぞ」

「私……は、生肉を食べる習慣は……ありま、せん」

話をしている最中でも、彼の手は止まらない。臀部《でんぶ》にはすっかり硬くなった熱塊が押し当てられていた。

彼の細く綺麗な指が、前開きのボタンを一つずつ外していく。

「勝手に服なんか着るな。面倒だ」

うなじに口づけたジルベールに恨めしそうな目で睨めつけられた。

「で、ですが、そろそろ掃除や洗濯をしなければ、生活できなくなってしまいます」

「予備くらいあるだろ」

「そうですが、洗濯をしなければ汚れ物がたまっていく一方で」

「王宮に送り返せばいい」

言葉を遮るように、ジルベールが一蹴した。

「ジルベール様っ」

「お前は俺の側にいるんだろ」

そう言うなり、ジルベールがスカートの中に手を差し込んできた。下着の上から秘部をなぞられ、「腰上げて」と耳元でねだられる。先ほどよりも欲望の熱を感じるようになり、びくりと背中を震わせた。

「レティシア、身体が熱いんだ。お前の中で鎮めてくれ」

朝まで身体を重ねていたというのに、まだ足りないのか。

「で……したら、いつものようにお口で」

「これからは、こっちの口がいい」

どうにかして、ジルベールをなだめようと、身体を押しやるが、びくともしない。それどころか、下着を破り、直に媚肉の割れ目をなぞってきた。

「あぁっ……」

「拒むわりには濡れているぞ。駄目なんだろ？　だったら、もっとしっかり拒めよ」

口では拒めばいいと言っているが、その行動は真逆だ。

「ひ……ぅ、あ……ぁっ」

くち、くち……と、溢れてきた蜜が指の動きに合わせて音を立てている。

「レティシアのここは、すべすべだな」

「だめ、言わない……で」

「どうして？　触り心地がいいと褒めてるんだ」

蜜で濡れた指が、ぬるりと中に入ってきた。慣れた手つきで内壁の具合を確かめる仕草に、吐息が零れる。

「は、ずかしい……から」

「そうか、可愛いな」

「――ッ」

思いがけない言葉に、秘部がきゅうっと締まった。

ジルベールがレティシアを褒めるなんて、初めてだ。

嬉しい気持ちが、心からわき上がってくる。すると、さらに自分でも蜜が溢れてくるのがわかった。

「指が溺れそうだ。可愛いと言われて感じたのか」

心なしか、ジルベールの声が嬉しそうだ。

「ちが……」

違う、とも言えず口を固く閉じると、「レティシア」と指が答えを催促してきた。

「可愛いと言われて嬉しかったのか。それとも、秘部を褒められて恥ずかしかったのか？」

愛撫する指が二本に増え、レティシアはもう食事を取るどころではなくなった。

「は……ぁ、あ……あぁ」

カウチソファに脚を立て、はしたなく股が開いていく。快感を追うように、腰が勝手に揺れていた。

ボタンを外された前開きのドレスからは、乳房が半分だけ零れ出ている。その尖頂をジルベールが指で弄るから、ひっきりなしに秘部がひくついていた。

「だめ……それ、あ……あっ、んぁっ」

遠慮のない指が、ずぶずぶと秘部を犯す。その刺激が嬉しくて、レティシアはなすがままになっていた。

「望む場所を望むだけこすってやる。どこがいい。何が欲しい？」

魅惑的な誘惑に、腰骨辺りがぞくぞくする。頬を上気させると、「何を想像したんだ？」と蠱惑的な声で囁かれた。

ジルベールはレティシアの腰を摑むと、自らの欲望を秘部にあてがう。先走りに濡れた先端が、蜜穴にひっかかっていた。

「あ……あぁ」

ジルベールに腰を支えられているとはいえ、ソファの上でしゃがみ込んでいる窮屈な体勢に戸惑った。

少しでも動けば、レティシアの中に入ってきそうな状況に、期待と困惑が入り交じる。自ら腰を進めてしまいたい欲求を、自制心が必死に引き留めていた。

(あぁ……、入れてほしい)

この身体は、この先の快楽を知ってしまっている。受け入れさえすれば、それが得られるのだ。

身じろぐと、欲望が外れた。

「あっ」

思わず、声が出てしまう。そんなレティシアにジルベールはほくそ笑んだ。再び、欲望が蜜穴の縁にかかった。

恥じらいと劣情が交錯している。脚も限界に来ていた。

催促するように、ジルベールが腰を揺らす。もう少しだけ深く入ってきた感覚に、レティシアの理性は陥落した。

「あ、あぁ――ッ」

根元まで受け入れた直後、レティシアは絶頂へと飛んだ。下から突き上げられる振動に、身体が上下に動く。

「あっ、あん、んぁ、あ……あぁっ。い……って、る、の」

激しい律動に、声も弾む。頭の中まで揺さぶられて、身も心も一気に快楽へ堕とされた。

(気持ち……い、い)

「あぁ、搾り取られそうだ……」

ごりごりと亀頭のくびれで粘膜を抉られるたびに、目の前に銀色の閃光がまたたく。

「ジルベールさ、ま。これ……だめ」

「自分で腰を振りながら、何を言う」

知らしめるように、ジルベールが腰遣いを強くする。最奥を穿たれる刺激が脳天まで駆け上がる快感に、目の前が白んだ。

目一杯ジルベールのものを咥え込んでいる蜜穴の縁までも、擦られて気持ちいい。

「や、ぁ……っ」

吐息と嬌声が入り交じった声を上げながら、レティシアは彼の上で踊らされた。涙を流しながら表情を蕩けさせ、半開きになった口からは舌が垂れている。

(戻れなくなる)

気が遠くなるほど重ねた情事なのに、触れられるほどに愛おしさが溢れてくる。

こんな気持ちのいいことを教え込まれたら、知らなかったあの頃になんて戻れない。

「発情した匂いがする」

鼻を近づけ、ジルベールがうなじを舐め上げた。

「はぁっ、んっ」

早く彼の精を飲みたくて、子を孕む場所が疼く。ねだるように腰を擦りつけ、律動を速めた。自ら深く欲望を咥え込むと、それだけで満たされた気になる。与えられる刺激がもたらす多幸感が、レティシアを満たした。

(好き、ジルベール様が大好き)

許される行為ではないことは知っていても、彼の言う通り、ここにはレティシアたちしかいない。誰が自分たちを咎めるというのか。

堕ちてしまえ、と囁く声がする。

そうすれば、名実ともにジルベールの側にいられる。ずっとこの快感を味わっていられるのだ。

彼はレティシアを選んでくれた。

ジルベールがカウチソファに寝そべる。跨がりながら仰向けにされると、今までとは違う場所を責め立てられた。

「いい締めつけだ。どちらの口に濃いのが欲しい？」

背中いっぱいにジルベールの熱を感じながら、耳元で卑猥な言葉を囁かれると、いっそう身体が疼く。

もう理性など微塵も残っていないレティシアは、身体が望むまま言葉にした。

「だ……して」

「聞こえない」

「なかに……出し、て。いっぱい擦って。ジルベールさまの、甘露が飲みたい……ああっ!!」

背中から抱きすくめられながら、突かれる刺激にレティシアはうち震えながら、乱れた。

むき出しの欲望を向けられることが嬉しくてたまらない。

「あ……、あぁっ、い……あぁ、やめ……やぁ、あっ、あぁ！」

足先からせり上がってきた逼迫感が限界を超えた直後、ジルベールの爆ぜた精が胎の中へと注ぎ込まれるのを感じた。

◇◆◇

ジルベールは寝入ったレティシアの柔らかな髪を梳きながら、落ち葉を踏みつつ近づいてくる足音を聞いていた。

うなじから薫る匂いも、かなり変わってきた。

少しずつ、だが着実に変化している。

レティシアが現状維持を望むなら、ジルベールは彼女に気づかれないよう変化を促すことにした。了承なんて必要ない。人生を捧げるということがどういうことなのか、身をもって理解する頃には、すべてが手遅れになっている。六年間、飲ませ続けた体液は、よく馴染んできているようだ。

離宮を歩いて訪れる人物はティポーだけ。

しかし、足音は聞き馴染みのないものだった。

身体を起こし、床に落ちたドレスをレティシアにかけると、足音のする方を見据えた。

ややして、バラの茂みの中から珍しい男が現れた。

「お前か」

「久しぶりだね、兄上！」

そばかすを化粧で隠した金髪の義弟は、六年の歳月を感じさせながら、にこやかに言った。

王太子然としたいでたちは、かつて自分が手にしていたものだ。

しかし、目映い衣装を見ても、驚くほど心は動かなかった。

悔しさや虚しさ、惨めさすらない。

幼い頃は背格好が似ていたが、成長した姿は似ても似つかないものになっていた。

「ちゃんとたどり着けてよかった。途中で道に迷ったかと思ったよ。ふぅん、ここが兄上の住処か。廃墟の間違いじゃない？」

誹り交じりの感想に、ジルベールは目を眇めた。

リュカはジルベールを一瞥し、鼻で笑った。

「リュカ、俺との接触は禁じただろう。すぐに立ち去れ」

何をしに来た、とたずねる理由はなかった。

レティシアにべったりとついていた雄の匂いはリュカのものだ。

「嫌だね。せっかく会いに来たんだ。それとも長居されたらまずいことでもあるの？　例えば、獣堕ちしたこととか？　それにしては、人間の姿を保っているのはどうして？　自我も残っているし……、あぁでも獣になった感じはするね。以前の兄上ならそんな姿で人前に出なかった。今のあなたは銀色の被毛を持つ美しい獣みたいだ」

悠然と裸体姿でカウチソファに座り脚を組むジルベールを、リュカが見つめる。うっとりとしているようにも聞こえる口調だった。

リュカの口ぶりは、ジルベールが獣堕ちをしたことを知っているふうでもあった。どこからの情報なのか、それともかまをかけているだけなのか。

王家が用意したこの箱庭で飼い殺しにされているうちなら特定も容易《たやす》かったが、仮面舞踏会に出た今は、情報源を探るにも億劫だ。

「それで、お前は俺が獣になったことを承知で離宮まで足を運んだのか？　好奇心旺盛なのはいいが、次代の王である自覚が足りないな。自分が獣の餌食になることは考えなかったのか？」

「それは……」

ジルベールの眼光が鋭くなると、リュカは目に見えてうろたえ始めた。

わざと声音を低くするだけで、リュカは怯える。昔からそうだった。

リュカには王族としての品格も気質も足りない。こればかりは、親の地位や受け継いだ遺伝だけではどうしようもない。要素はあっても、己自身が培っていかなければならないものだからだ。

幼い頃は、ジルベールの真似ばかりしていたが、何一つ彼が勝るものはなかった。そのせいで、生母である側妃に辛く当たられていたことも知っている。父である国王も、ジルベールという圧倒的な存在がいることで、リュカにはさして期待もしていなかった。そのことが、さらに側妃の嫉妬心を増幅させていたのだろう。

だが、すべては過去だ。

「ここは俺の縄張りだ。許可なく立ち入れば誰だろうと食い殺されても文句は言えない。この場所はそういうところだ。どうした？　俺に会いに来たのだろう？」

低いうなり声に、リュカが飛び上がる。爪の鋭さにようやく気づいたのだろう。「ひ……っ」と情けない声を上げた。

「ま、まさか本気で僕を食べる気じゃないだろうっ!?　そ、そうだ！　レティシアはどうしてる？　ぼ、僕は彼女に」

「俺の番だ」

牙をむけば、リュカが腰を抜かした。落ち葉の上に尻餅をつき、恐怖を浮かべた顔は真っ青になっている。

「立ち去れ」

咆哮のような怒声に、リュカは一目散に茂みの中へと逃げていった。

野うさぎよりも素早い逃げ足を一笑に付す。

結局、リュカは何をしに来たというのか。

（どうでもいいか）

ジルベールの関心は、十一年前からレティシアにしか向けられていない。外野がどれだけ騒ぎ立てようと関係なかった。

遠ざかる足音を耳で追いかける。獣道の入り口に馬と人間がいる。馬車と御者だろう。おおかた、リュカの戻りを待っているのだろう。

「ん……」

そんなことよりも、今は隣で上下に揺れる膨らみが気になって仕方がない。

目覚めが近いのだろう。

くぐもった声すら、愛おしかった。

もっと寝かしてやりたいが、起きてかまってほしい気もする。そっと膨らみに手を置くと、もぞりと蠢いた。

それが引き金となり、いよいよレティシアが目を覚ます。

「……あ、れ……？」

ややして、ドレスの下から、起き抜けの顔を半分だけ出した。

「ジル……ベール、様？」

「起きたのか」

舌足らずな声に答えながら、額に口づけた。

「今……誰かの、声が聞こえた気が」

「夢でも見たんだろう。ここには俺たちしかいない」

レティシアはまだ夢の中から出てこられないのか、ぼんやりとしている。普段の取り澄ました表情からは想像もできない無防備さに、ただただ庇護欲がそそられた。

「何か飲むか？」

この数日間、レティシアはろくな食事を取っていない。

徐々に必要がなくなっているせいもあるだろうが、喉の渇きくらいは潤してやりたかった。

やはり、まだ眠たいのだろう。

問いかけへの反応も鈍くなっている。

口づけてやれば、ゆっくりと唇を開き、ジルベールを招き入れた。伸びてきた舌を搦め捕り、吸い上げてやれば、レティシアの身体がふるりと震えた。

混ぜ合わさった唾液を、レティシアが飲み下す。

「美味しい……」

うっとりと悦に入った声音で囁き、もっとと唇を寄せてくる姿は、餌を求めるひな鳥のようでもあった。

「いくらでも味わえ」

ジルベールを受け入れた彼女は、なんて可愛いのか。

(もうすぐだ)

いよいよ準備も終盤にさしかかってきた。

ジルベールは、己の野望が現実味を帯びてきたことにほくそ笑みながら、今はまだレティシアの甘さを堪能することにした。

第五章　いびつな執着

濃密だった発情期が鎮まると、ジルベールは目に見えて生気を取り戻していった。

これまでは部屋に閉じこもりきりだったのが嘘のように、外に出てくるようになった。

掃除洗濯をするレティシアを直ぐ側で眺めては、「手伝う」と言って手を貸す。

「お前、毎日こんな面倒なことしてたのか」

初めて洗濯を見たジルベールが、木に縛りつけた紐に、洗い立てのシーツを何枚も干しながらぼやいた。離宮の一角にある洗濯物干し場からは、澄み渡った青空が見えている。

白いシーツの壁は爽快で、陽光に煌めく銀色の髪がいっそう美しかった。

レティシアは滲んだ汗を拭いながら、仕事に精を出すジルベールを眺めた。

また太陽の下で、彼を見られる日が来たことが嬉しい。

なのに、心からは喜べないでいた。

ジルベールの変化をいつまで隠せるだろう。

おのずと毒を隠してある場所に視線が向く。

レティシアがあの毒を手にすることは、この先ないだろう。自分にはジルベールを殺せない。そんなことはわかりきっていたことだったのだ。

「あそこにあるのか？」

「え？」

レティシアが見ていた方向にジルベールが歩いて行く。

「ま、待って！　バラに近づいてはお身体が」

「もう平気だ」

その言葉を裏付けるように、ジルベールがバラの木に近づく。

「レティシア、どこだ」

「な、何がでしょう？」

「ごまかすな。国王から密命を受けた際、渡された毒薬だ。この中のどこかに埋めてあるのだろう。どこだ？」

ジルベールは足でバラの木の根元の土を払った。六年前に埋めたものだ。今は生え茂った草に埋もれて正確な場所は分からない。

「……もういいんです」

取り出したところで使い道のないものだ。

洗濯物を干す手を止め、ジルベールの背中に抱きついた。

「レティシア、熱がある」

「これくらい平気です」

「そんなわけがあるか。寝ていろ」

そう言うと、ジルベールがレティシアを抱き上げた。

「きゃあ！」

「どうして黙っていた。言わなければばれないとでも思ったのか」

まさにその通りで、ジルベールがレティシアの体調を気遣うなんてないと思っていた。

「お前は俺をなんだと思ってるんだか。番だと言っただろう」

「そ、れは……そうですけれど」

ジルベールの体調が快方に向かう反面、レティシアは微熱を出すことが増えた。そのせいか、終始身体が怠く、少し動くだけで疲労感に襲われる。

しばらくジルベールの発情につき合っていたことで、思っている以上に身体が疲れていたのだろうか。

(栄養のあるものを食べれば、体力は戻るのだろうけど)

どうしてか、食材を調理し出すと食べる気が失せてしまうのだ。

(まるでジルベール様みたい)

ゲルガの毒に侵されたばかりのジルベールを彷彿とさせるが、レティシアは毒の影響を受けていない。

(やっぱりただの疲労よ)

発情期は落ち着いてきたが、だからといってジルベールがレティシアを求めなくなったわけではないのだ。

時間を忘れるほど抱き潰されなくなっただけ。

眠るとき、彼は必ずレティシアを抱き寄せ抱え込みながら眠るようになった。身体を弄られれば、どうしても感じてしまう。そうなれば何もせず眠ることなんて無理だった。

結局、毎晩ジルベールと肌を合わせているのだから、疲れていて当然なのだ。

「熱が下がったら、いい場所に連れて行ってやる」

ジルベールが知るいいところと言えば——。

「……もしかして、崖の上ですか？」

嫌な予感が口を衝いて出れば、「いい勘しているじゃないか」とジルベールが眉を上げた。

「そんなことで褒めてくださらなくて結構です」

「いつかレティシアも連れて来ようと思っていた場所だ」

「何があるのですか？」

何度かジルベールが上っていた崖の上の景色をレティシアは知らない。あそこにはどんな風景が広がっているというのだろう。

「気になるだろう？」

「そ、それは、ジルベール様が思わせぶりな言い方をなさるからです！」

「ついでに食料も調達するか。そうだな、うさぎ狩りがいい」

まったく人の話を聞いていないのか。ジルベールはうきうきしながら勝手に予定を立てていく。

（立場が逆転したみたい）

やる気がなく、日がな一日薄暗い部屋にこもっていた人とは思えないくらい、ジルベールは活動的になった。肩まである銀色の髪を赤い紐で一つにくくり、袖口に幾重にもフリルがついたものではなく、動きやすいシンプルな白いシャツを着ることが増えた。

「食欲が出てきたのですね。よかった。でも、どうしてうさぎなんですか？」

「冬眠前のうさぎは脂肪がたっぷりついていて美味いからだ」

「では、猟銃の手入れをしておかないと」

レティシアの狩猟方法は、もっぱら猟銃で獲物を仕留める方法だからだ。

「必要ないだろ」

「でしたら、罠をしかけます？」

あまり罠を作るのは得意ではないが、ジルベールが望むならそちらにしようか。

すると、彼はふと目を細めた。

「ここにいるのは人の姿をした獣だ」

自虐的な物言いには、人ではなくなった物寂しさがあった。

否定も肯定もしない代わりに、レティシアはジルベールを抱きしめた。首に腕を絡めて、柔らかな銀色の髪を撫でる。

綺麗な顔に口づけの雨を降らしていくと、「やめろ」とジルベールがくすぐったそうに言った。

「熱があるんだろ。大人しくしていろ」

煽るなと赤い目が睨めつけてくる。

微笑を浮かべる美貌は、ぞくっとするほど美しく、レティシアの官能を刺激する。子宮の疼きを感じれば、手を伸ばさずにはいられなかった。

「レティシア」

窘める声に強さはない。

戯れみたいな行為が熱を帯びるのは簡単だった。

鼻先が触れるほどの距離で見つめ合う。赤色の瞳が欲情に染まるのを見るのが好きだ。

人さし指でジルベールの形のいい唇に触れると、目を伏せたジルベールが指先に口づけた。唇で食まれる感触に息を呑む。赤い舌先で舐められると、吐息となって零れた。

口に含んだ指を、ジルベールが扱く。

「あ、あ……ぁ」

薄目を開けて指を舐められるのを見ていると、子を孕む場所が苦しいほど切なく疼いた。じん……とした痺れが全身を甘い刺激で包む。秘部の奥が潤み、身体が開いていくのを感じた。

なんていやらしい光景だろう。

でも、レティシアは羞恥どころか、そんなジルベールに興奮を覚えていた。

数えきれないほど抱かれたこの身は、ジルベールを受け入れたがっている。

（欲しい……）

今すぐ、ジルベールの熱を埋めてほしい。

彼を夢中にさせる自分の指ですら、嫉妬してしまいそうだ。

「だ……め」

唾液で濡れそぼった指を引き抜き、彼の前で舐め取った。

そんなレティシアを見て、ジルベールは口端に笑みを浮かべた。紐がくくりつけてある木の陰に入ると、幹にレティシアを押しつけ、ドレスの裾から手を忍ばせてくる。

「あ……」

潜り込んできた手が、下着の上から秘部を弄った。

「ジルベール様、待っ……ん、ンッ」

制止の言葉ごとジルベールの唇で塞がれた。顔を上向かせながら、濃厚な口づけに応える。口腔で絡まる水音が頭の中で響くと周りの音が消えた。

「は……っ」

ようやく離れた唇にほっとするのと同じくらい、寂しさがこみ上げてきた。舌を伸ばして未練を訴えれば、なだめるように頬や瞼に口づけが降ってくる。

「後ろを向いて、スカートをめくり上げるんだ」

内ももから上ってきた手が臀部を撫でる。耳元で囁かれた言葉に、この先を期待した。

「ですが……ここは、外です」

「ネズミ一匹すらいないのに？　温室とさほど変わらないだろ」

そう言うと、ジルベールが身体をすり寄せてきた。下腹部に当たる熱塊の感触に、全身が歓喜に震える。

「あぁ……」

欲望が入って来たときの感覚を思い出し、思わずはしたない声が出た。

ジルベールが下衣から取り出した欲望を擦りつけてくる。

怒張したものが、どんなふうに自分を乱すのか、想像しただけで膝からくずおれそうだ。

秘部がその瞬間を待ちわび、いやらしくひくつく。

「は……ぁ、あぁっ」

「レティシアは俺の望みならどんなことでも叶えたい。違ったか？」

ジルベールの熱が、これでもかと誘惑してくる。彼の手が、臀部をもみしだいていた。

服の下では、触れてほしくてたまらない乳房の尖頂が硬くなっている。

とろりと、秘部の奥から蜜が垂れた感触を覚えた。

こんなときに、その信条を持ち出したジルベールを恨めしく思うも、長年すり込まれてきた思いは、そう簡単には変わらない。

何より、限界だった。

レティシアは泣きそうになりながら後ろ向きになると、スカートの裾を腰までめくり上げた。下着を下げて、ジルベールに見えるように秘部をさらすと、誘うように腰をくねらせた。

「入れて……ください」

はしたない姿に、ジルベールがしたり顔でほくそ笑む。

「上出来だ」

「は――ん、んんぁっ!!」

その直後、ひと息で最奥まで欲望を埋め込まれた。

全身が一瞬で快楽に呑み込まれる。

「あ、あぁ……っ!」

ぶるりと背中を震わせ、レティシアは歓喜の声を上げた。後ろから揺さぶられる幸せに、何も考えられない。全身がジルベールを求めていた。

「は、あっ、ん……んぁっ、あっ!」

あられもないほどの嬌声を上げ、律動に酔いしれる。

腰を掴む手に自分の手を重ねると、逆に手首を掴まれた。

「あぁ――っ、あっ、ん、んっ」

繋がったところから、かき出された蜜が飛び散る。

レティシアは首を振って、強すぎる刺激を少しでも紛らわそうとするも、そのたびに欲望の先端が奥を抉った。最奥を突かれて、粘膜がきゅうっと怒張したものに絡みつく。

「頬張るのがうまくなったな」

「そ、んな……あ、ぁ……っ、やぁ……ん、あっ」

情欲でかすれた声が、彼もまた興奮していることを伝えてきた。

ごりごりとえらの張った亀頭のくびれで内壁をこすられる。鮮明な刺激が気持ちよくて、幸せだった。

身体は熱っぽいのに、劣情にかられているせいか、少しも辛くない。むしろ、ジルベールの熱い精を与えられないことの方が苦しかった。

(早く……、出して)

腰を突き出し、肩越しにジルベールを振り返る。

厭世的だった表情に、今ははっきりと貪婪さが表れていた。薄く開いた唇は笑みを浮かべている。少し眉間に皺を寄せながらも、まなざしは優しかった。六年間見ていたジルベールにはなかった必死さが、愛おしさをかき立てる。

(好き)

もっと側に来てほしくて、口づけてもらいたくて、レティシアは縋るような目でジルベールを見つめた。

摑まれている手をばたつかせると、ジルベールに握り込まれた。その腕を胸元へと引き寄せれば、ジルベールが背中に覆い被さってくる。彼の手の上から、乳房をもみしだいた。

「はぁ――っ!!」

その刹那。ジルベールがうなじに嚙みついた。鋭い牙が皮膚を裂く感覚が痛いのに、それ以上の快感が全身を痺れさせた。

(気持ち……い、い……)

恍惚の笑みを浮かべながら、レティシアは彼がくれる快感に酔いしれる。背中に密着する温もりに頭を擦りつけながら、レティシアは「好き」の言葉を繰り返した。

「は……っ、血まで美味いとか、反則だろっ」

「いい……よっ、全部食べ……て」

命を狩られるかもしれないのに、信じられないくらい身も心も高揚している。

獣みたいな息遣いをしながら、全身でジルベールを感じていた。

ジルベールになら食べられたい、と本気で思っていた。

彼を失っては生きてはいけない。ならば、彼の一部になってしまいたかった。

そうすれば、二度と離れずにすむ。

ぎゅっと抱き込まれたかと思えば、身体を反転させられる。木の幹に背中を押し当てられ、両脚を抱え上げられた。完全に脚が宙に浮くと、レティシアが彼の首に腕を回して縋る。ぐるるとジルベールのうなり声がする。血に濡れた牙でレティシアの喉元に食らいついた。

「ひ……っ、い……いっ、はっ、深い……」

不安定な体勢と身体の重みで、より深い場所までジルベールが入ってきている。今度こそ死んでしまうのではという恐怖に、咥え込んでいた欲望を締めつけた。

腰遣いに合わせて、かき出される蜜が飛び散っている。

死と快楽が隣り合わせの行為は、ただただ気持ちよく、性の営みの素晴らしさに酔いしれる。

こんな快感を覚えてしまったら、もう戻れない。

半開きになった口からは、だらしない嬌声がひっきりなしに零れ続けている。

「だめ……いく、い……ちゃう、の……にぃっ！」

「――俺もだっ」

全身が大きくわななくと同時に、ジルベールもまた爆ぜた。

奥へと叩きつけられる飛沫がもたらす多幸感に包まれながら、レティシアは意識を手放した。

◇◆◇

二人の獣じみた情事を、物陰から男がのぞき見ていた。

男は王家に仕える影だ。

完璧に消した気配は、獣だろうと気づかれることはない。

しかし、男は視線を感じた。

気をやったレティシアを愛でながら、ジルベールの赤い目がまっすぐ男を捕らえていた。

視線に込められた殺気は、脅しではない。一瞬、首と胴が切り離された錯覚すら覚えた。

あれは何者だ。

獣とも人とも違う気配が、ジルベールから漂っている。

あれでは、どんな獣も恐れをなして逃げていくだろう。男は、近辺に生き物の気配がない理由を肌で感じた。

得体のしれない恐怖に、男は戦慄した。

これ以上、この場に留まっていては命が危ない。

男は気配を殺しながら、その場を立ち去った。

獣道をひた走り、舗装された道に出るまで生きた心地がしなかった。ようやく人の世界へ戻って来られたような安堵を覚える。

あの空間は、なんだったのか。

人ならざぬものが潜む場所という表現がしっくりくる。

かつて次代の太陽と謳われた第一王子の変わり果てた姿に戦慄を覚えると同時に、神聖な生き物たちの営みを見せられているような高揚感もあった。

いったい、あれはなんだったのだろう。

男の視線の先に、一台の馬車がある。

「どうだ。兄上が獣堕ちした証拠は摑んだか」

合図をすると、馬車の中から主の声がした。

「……いえ、決定的なものは何も。ですが、王子の気配は人間のものではありませんでした。あれは――……」

はたして、自分が見たものはなんだったのだろう。

出会ったら最後。生きては戻れぬ脅威を漲らせながら、神々しさすらあった。はっきりと分かっているのは、あれがもっとも危険な生き物であるということ。

「兄上は何をしておられた。また盛っていたのか」

「リュカ様、あれに触れてはなりません」

ジルベールは、自分たちの手に負える代物ではない。

「怖じ気づくだけでなく、僕に指図するのか。貴様、よほど死にたいらしい」

「しかし！」

その直後、男は同じ影に命を取られた。

頭が胴から滑り落ち、地面に転がった。

「どんなことをしてでも、兄上が獣堕ちしたという明確な証拠を持ってこい」

「必ずやご期待に応えてみせます」

同胞の命を狩り取ったばかりの男が、一礼したのち獣道へと消える。

「出せ」

号令に、馬車はゆっくりと走り出した。

車内にはリュカ一人。王族専用の豪奢な馬車の座面に背中を埋めながら、親指の爪を囓り苛立ちをあらわにしていた。

(くそっ、憎たらしい!)

ゲルガに襲われた時点で領地に引きこもればいいものを、しつこくジルベールにつきまとう元公爵令嬢が、忌々しくてならない。

どうにかして、ジルベールから引きはがせないものか。

他の女なら喉から手が出るほど欲しがる王太子妃の座をちらつかせても、レティシアは揺らぎもしなかった。

ジルベールがゲルガの毒に侵されたのも、あの女のせいだというのに。

『なぜジルベールのようになれないのっ?』

癇癪持ちの生母は、何かにつけてリュカを非難した。

なんでも完璧にこなしてしまう腹違いの兄ジルベールに対し、何をしても平凡な自分。

一歳差だったからこそ、側妃だった母は、ジルベールの非凡さが憎らしかったのだろう。

なぜジルベールみたいにできないかだって?

それは、ジルベールが神から遣わされた者だからだ。

人でないものにどうして勝てるというのか。そもそも比べる対象が間違っていることに、どうして気づかないのだろう。

人が神に敵うわけがない。そんなこともわからず、無理難題を押しつけ、さもリュカが出来損ないのように叱る自分勝手な女。だから、父の寵愛も薄れたのだと気づけない憐れな女だ。

そんなリュカを気にかけ、笑いかけてくれるのは、苦しみの根源でもあるジルベールだけだった。

『失敗なんて怖がらなくていい。リュカならきっと次はうまくできるよ』

なんの根拠もない励ましだったが、ジルベールが言えば不思議と真実味があった。本当に次はうまくやれそうな気がしてくるのだ。

苦痛と幸福の両方を味わわせるジルベールだけは、リュカを信じてくれた。認めてくれていた。

ジルベールが放つ金色の輝きは眩しく、手を伸ばしても届かぬ太陽のように、高い場所からリュカを見ている。彼の視線は陽光のごとく温かく、そうでないときは暗い夜のごとく寂しかった。

リュカにとってジルベールが世界を構築する神であり、礎だった。

（あぁ、六年ぶりに見た兄上も素敵だった……）

太陽から月の化身に様変わりしたような銀色の髪も、悪魔みたいな赤い目も、なめした革のごとく艶めいた肌も、しなやかな肉体にまとった筋肉を惜しげもなくさらす姿も、まさに美しい獣を見ているかのようだった。

側に置きたい。

第一王子だった頃ならいざ知らず、今は獣化を待つだけの身。獣堕ちしたのなら、人知れず飼い殺しにすればいい。

ジルベールのための豪奢な檻に収まる姿を見てみたい。

それはきっと、魂が震えるほど美しいだろう。

(早く手に入れたい……っ)

そのためには、レティシアは邪魔だった。

(何度も何度も何度もっ!)

どれだけ離宮に刺客を放っても、食料に毒を混入させても、レティシアが死んだという吉報は届かなかった。

ジルベールの視界には今、レティシアしか映っていない。あんな平凡な女のどこがいいのか。夢中になって腰を振り、子種を振りまく姿などジルベールらしくない。

獣の性が、ジルベールをおかしくさせたのだ。

本来、彼は禁欲的で清廉なのだ。

神の遣いが性欲に溺れるわけがない。

それもこれも、全部レティシアのせいだ。


――殺してやる。


ジルベールの笑顔も愛も、一人占めするなど許さない。

（あぁ、そういえばうるさい女がもう一人いたな）

宮殿に飾られた家族の肖像画を見て、うっとりと表情を蕩けさせていた令嬢は、ジルベールが初恋だとのたまった。同じものに心酔する女は少し優しくしただけで、簡単に手の中に落ちてきた。ジルベールを好きだと言いながら、リュカに身体を開く安い女。ジルベールへの愛を囁きつつ、肉欲に溺れる汚い女。

頭も身持ちも軽い女に、ジルベールが住まう森の道を女だけに教えたのは、あそこが狩り場であるからだ。あれに食わせれば、骨すら残らない。

なのに、運良く道を通り抜けただけでなく、女はジルベールと会ってしまった。

ジルベールの姿をその目に映していい権利まで与えたつもりはない。

（邪魔だな）

全部、消えてしまえばいい。

リュカが味わった以上の苦渋を、必ず味わわせてやる。

◇◆◇

森に裸体の男の死体があった。

定期検診のため離宮を訪れていたティポーの話に、レティシアは驚きを隠せなかった。

「自殺ですか？」

「い～や、首が刎ねられてた。衣服は剝ぎ取られ、あちこち獣に食い散らかされたあとだったけどね」

こともなげに告げられた残酷な状況に、レティシアはベッドの中で凝然となっていた。

王家所有の森に、一般の民が入り込むことはまずない。ならば、男は王宮に関係する者ということになる。

首を刎ねたのなら、処刑が行われたということ。

（なんのために？）

レティシアは、一人用の椅子に座るジルベールを見遣った。

「ジルベール様は、お気づきになられていましたか？」

「血の匂いはしていた。そうか、どうりでここ数日、腐敗臭が漂っていたわけだ」

すんと鼻を鳴らし、不快そうに顔を顰めているが、レティシアには相変わらずバラの香りしかしない。

「すごいね。発見されたのは、獣道に入る前の場所だよ。そんな遠くの匂いも嗅ぎ分けられるんだ。それなら、遺体を食い荒らした獣の見当もついてたりする？」

「ゲルガだろうな」

「……っ、まだうろついているのですか？」

ジルベールの推測に、レティシアは驚きの声を上げた。

ならば、以前ハルゲリー伯爵たちが乗る馬車を襲った獣たちだろう。

「この辺りには近づけないだけだ。あいつらの縄張りがこの辺りなんだろう」

だとしたら、違和感が拭えない。

レティシアたちを襲ったゲルガも、王家の森に住みついていた。そのときのゲルガは射殺されたが、彼らはどうやって森に入ってきているのだろう。

（なぜ王家の森にだけいるの？）

そのとき、ふと何かが脳裏に蘇った。

自分は大事なことを見落としているのではないだろうか。

「でも、ゲルガの生息地は熱帯地方だよ。切り立つ山を越えてまでやって来るのなら、本来の場所では得られない魅力的なものがこの地にはあったってことなのかな？」

「もしくは、何者かによって連れて来られ、彼らに住みよい環境を与えているか」

ティポーの仮説に、ジルベールの仮説が加わる。

（誰かが手を貸している？）

唐突に思い出した光景に、レティシアははっと息を呑んだ。

十一年前、レティシアが見た少年は誰だったのだろう。

レティシアはてっきり、ジルベールだと思っていたが、はたしてそうだったのだろうか。あの場所にいた少年はジルベールしかいないという思い込みが、勘違いさせているのではないのか。

誰かが環境を作っているという考えは、レティシアが見た光景でもあった。

「どうした？」

青ざめるレティシアに、ジルベールが目を眇めた。立ち上がり、ベッド脇に腰を下ろす。

「顔色がよくない。熱は……ないな。気分が悪いのか？」

すっかり立場が逆転してしまったせいで、最近はもっぱらジルベールがレティシアの世話を焼くようになった。

だが、ジルベールにできるのは、せいぜいレティシアの側にいることくらいで、他のことに関してはティポーに応援を要請した。

レティシアの不調を聞きつけると、ティポーはすぐにやって来た。積んできた真新しい衣類と食料品を下ろすと、使用済みの洗濯物を詰め込んだ。あれらはすべて人の目に触れる前に廃棄されるのだとか。

もったいない気もするが、ジルベールの存在を気づかれないためには仕方のないことなのだ。自分の体調が回復すれば、これまでどおりの生活ができるのだから、それまでの辛抱だと思えばいい。

そうジルベールに諭されれば、頷くしかなかった。

ティポーはレティシアが回復するまで、当面は離宮に寝泊まりすることとなった。

(早くよくならなくちゃ)

気持ちは元気になりたいと思っているのに、いかんせん身体がついてこない。診察をするティポーも、それを見ているジルベールも何も言わない。

(病気なのかしら？)

回復する兆しがないことに、不安が募った。

「大丈夫です」

それでも、彼らに心配をかけたくないから、笑顔でいることを心がけた。

「ジルベール様、私、十一年前のことで思い出したことがあるのですが、聞いてもらえますか？」

「なんだ」

「あの日、あの雨の森で、私は少年を見ました。私はてっきりジルベール様だと思い、あとを追いかけました。すると、彼は死んだうさぎをゲルガが潜む穴蔵に放り投げたんです。私がゲルガに襲われたのは、そこが塒《ねぐら》だと知らずに中に入ってしまったからなんです」

レティシアは、当時の詳細については両親にすら話していない。

どんな言動がジルベールに繋がるかわからないこともあり、何を話したらいいかわからなかった。それでなくとも、父はレティシアを厳しく追及した。何を言っても信じてもらえないと感じたことも、黙秘していた理由の一つだった。

「それは、確かに少年だったのか？」

レティシアの言葉を疑うのではなく、確認しているのだと感じたから頷いた。

「はい。ジルベール様と背格好がよく似ていました」

ジルベールは口許に手をあて、考え込んだ。

「他に話していないことはないか？」

穴蔵は、ひどい匂いがしていた。雨と雷の音にかき消されていたが、奥からはかすかだが幼獣の声が聞こえた気がする。

「あ……」

襲ってきたゲルガは射殺されたが、子どもはどうなったのだろう。

もしかしたら、その幼獣が成長した姿こそ、あのゲルガたちではないのだろうか。

「思い出したことがあるなら、すべて話せ。何を見た？」

「私たちを襲ったゲルガは母親だったのではないでしょうか？　襲われたのは、子どもたちに危害を加えられると思ったから」

だが、当時のレティシアにそこまで考えるだけの余裕はなかった。十歳の子どもが、命の危機に直面して、周りの状況を冷静に判断できるわけがない。

「射殺されたのは、一頭だけだったのですよね？」

「そうだ。穴蔵らしきものは発見されたが、幼獣はいなかった」

報告が正しければ、幼獣たちは人間に発見される前に、移動したのだろう。ゲルガは警戒心が強い。その性質は子どもも同じはずだ。

彼らは成獣となり、今も森に住んでいる。幼い頃からレグティス国の環境下にいれば、彼らが生活できることにもなんら不思議はない。

レティシアの仮説に、二人の反論はなかった。彼らも同じ結論に至っていたのだろう。

「ゲルガが生息していることに説明はついたとしても、彼らがどうやって森に入ってきたかは未解決のままだよね。何者かの意図があったと考えるのが自然かなぁ」

問題は、誰がゲルガを連れてきたかだ。

熱帯地方の生き物を持ち込むことができるほどの力を持っているのだ。それを王家の森に放したというのなら、人物はおのずと絞られてくる。

ジルベールの顔から表情が消えた。

「心当たりがあるのですか？」

「それを聞いてどうする」

彼の中ではもう特定できているのだろう。言わないのは、慎重にならざるを得ない相手だからだ。

ちらりとティポーを見遣る。

彼もまた難しい表情になっていた。

いつもの飄々とした雰囲気が消えている。それほど地位のある者だということだろう。

「その者はゲルガを持ち込み、どうするつもりだったのでしょう」

わずかな毒でも命を落としてしまうほど、愛玩するには危険すぎる生き物だ。別の土地から持ち込まれた生物が生態系を壊してしまう可能性だってある。生物の食物連鎖は人間にも影響する。最悪、作物が不足し、飢饉に陥るかもしれないのだ。

「ティポー、父上にゲルガの駆除を要請してくれ。理由と物証は適当につけろ。ねぐらを探し、繁殖を抑え込むんだ。俺の名前を使え」

「わかった」

ティポーは、鞄の口を閉じると、すぐに部屋を出ていった。

「ジルベール様っ、今のご命令は軽率です！　国王陛下がどう思われるか」

「父上が危惧されているのは、俺が獣堕ちすることだ。人としての自我があるうちは、手を下さない」

「そうかもしれませんがっ。――裏付ける証拠もありません」

国王は、ジルベールが危険と判断したときも殺処分するよう命じていた。

「心配するな。レティシアが危惧するようなことにはならない。それよりもお前は自分の身体のことだけを気にかけていろ。眩しければカーテンを引こう」

「まだ眠たくありません」

「では、したいことはあるか？」

問いかけられ、レティシアは窓の外を見た。

「温室に行きたいです。紅葉が見頃ですもの」

「わかった」

「え？」

レティシアの言葉に応えるや否や、ジルベールが毛布ごとレティシアを抱き上げた。

「なっ、歩けますよ!?」

「運んだ方が早い」

慌てふためく様子を横目に、ジルベールは軽々とレティシアを温室まで運んだ。カウチソファに丁寧に下ろされると、ジルベールも隣に腰を下ろす。

背もたれに身体を預けた体勢で、肩を抱きよせられる。右半分にジルベールの温もりがあるせいで、冬間近の温室の中でも暖かかった。

はらはらと赤や黄色の葉が空から降ってくる。

ふわり、ふわりと綿のような小さな虫が宙を飛んでいた。

空高く飛ぶ鳥の影が、温室を横切っていく。

鳥の声すら聞こえない静寂は、静かでいい。

「寒くはないか」

優しいジルベールの声を不思議な気持ちで聞いていた。

穏やかな時間を彼と持てることが、今でも信じられない。

肩を抱く手が、労るように撫でてくれる。

何も特別なことはない。

けれど、なんでもない時間にこそ幸せは紛れているものなのだ。

(ずっとこの時間が続けばいいのに)

こみ上げてくる感情が視界を滲ませた。

「ジルベール様は、これからどうなさるおつもりなのですか？」

レティシアの涙声に、ジルベールが含み笑いを零した。

「レティシアから未来の話題を出されるのは、初めてだな。……お前はどうしたい？」

「私、ですか？」

この先のことなど、考えたことすらなかった。

「レティシアが望めばどんな未来もある。国を出て、誰も俺たちを知らない場所へ行くのもいいな。そこでは、俺は元王子でも獣堕ちでもない。しがらみから解き放たれ、何者でもなく二人で生きていくんだ」

当たり前のように「二人」のこれからを語る声には、希望が満ちていた。

「私も一緒にいていいのですか？」

「当然だろ、レティシアは俺の番だ」

「嬉しい」

何者でもなくなったら、もっと自由に生きられるのだろうか。このバラに囲まれた小さな箱庭から飛び出し、死に怯えることなく、ジルベールとの未来を思い描ける場所があるのなら見てみたい。

夢物語のようだけれど、未来を語れるだけで幸せだった。

「そのためにも、よくならないと。長旅になるぞ」

「ふふっ、大変ですね」

「あぁ、それまでには口調も改めろ。いつまで世話役でいるつもりだ」

「これは、癖のようなものです」

長年身体に染みついてきたものだ。すぐには変えられない。

「でも、距離を感じるんだ」

「寂しいですか？」

拗ねた口ぶりが可愛くて、つい苛めたくなった。

くすくすと笑いながらたずねると「そうだよ」と頭に口づけられた。

「愛してる」

告げられた愛の言葉に、レティシアはゆるりと顔を持ち上げた。

「愛してるよ」

美貌が柔らかく微笑んでいる。

ジルベールに愛を囁かれる日がくるなんて、想像もしてこなかった。

こんな穏やかな時間を持てるなんて、知らなかった。

彼に愛を告げることが許されるのが、嬉しくてたまらない。

ずっとジルベールの特別になりたかった。

自分の在る場所は、彼の隣しかない。

念願が今叶ったのだ。

「私も愛しています」

ありったけの想いを込めて心を差し出した。

ジルベールでいっぱいになった自分をどうか受け取ってほしい。

近づいてくる唇に、そっと目を閉じた。

そのときだった。

「――ッ!」

突如、ジルベールが立ち上がり、レティシアをかばうように前へ出た。

眼光を鋭くさせ、一点を見据えるジルベールに、レティシアもまた身を強ばらせる。

(何がいるの)

何者かがジルベールの縄張りに侵入してきたのだ。

無意識にジルベールの背中を摑んだ。

そんなレティシアを振り返ると、ジルベールはなだめるように手を重ね、「大丈夫だ」と口端に笑みを浮かべた。

「出てこい、リュカ」

(——え……、リュカ様?)

だが、足音は一つではない。落ち葉を踏みしめて近づいてくる気配に、レティシアは目を見開いた。

「どうしてゲルガがいるの?」

三頭のゲルガがリュカを守るように付き従っている。警戒心の強い彼らが人間に懐いている姿に、レティシアは驚きを隠せなかった。

「十一年前の生き残りか」

感情を殺したジルベールの声に、リュカは蕩けるような顔をしていた。

「そうだよ……兄上。迎えに来たんだ」

「お前を呼んだ覚えはない」

「兄上ならそう言うと思っていた！　だから、わざわざ迎えに来てあげたんだ。離宮の暮らしも飽きてきただろう？　僕が新しい住処を用意するよ。今度はそこで暮らせばいい。こんな廃れた場所、兄上には似合わないよ。あなたは美しいものに囲われているべき方だ」

悦に入った声で熱弁を振るうリュカを、ジルベールが一笑に付した。

「お前のくだらない妄想につき合う義理はない。ゲルガを飼育する目的は、毒か」

「こういうとき、兄上はどう切り返すんだろう？　う〜ん、〝お前ならどう思う？〟かな。兄上はいつも僕に考えることを促してくれる。誰かの意のままになることなく、自分の意思を持ち続けられるのは、全部兄上のおかげなんだ」

ジルベールへの惜しみない敬愛を言葉にしつつも、どこかリュカには異様さがあった。

この気持ち悪さは、なんなのだろう。

（怖い）

ゲルガを従えているせいか、空気が淀んでいる。

辺りはひどい臭いになっていた。

レティシアですら不快なのだから、ジルベールには耐えがたいに違いない。

「ジルベール様」

「出てくるな」

声をかけると、背中へと押し戻された。

「大丈夫だよ、兄上。そんなに警戒しなくても、一瞬で終わるから。そのためのゲルガなんだ。この子たちはもう人の血の味を覚えてる。とりわけ処女の肉は美味そうに食べるんだよ」

「誰のことを言ってる？　やたら甘ったるい匂いを振りまいていた令嬢のことか？　それとも森に捨ててあった王家の影だった男の遺体か。首を刎ねたのは、暗殺しそこねたからか」

「――っ」

すでに王家はジルベールの抹殺を企てていたのか。

「使えない駒だったからだよ。それでなくても、放った刺客は一人として帰って来なかったけど。全部兄上が始末したんだろ？　毒入りの食材も使われなければ効果なしだね」

「毒……？」

六年間、食材をはじめ物資の管理はすべてレティシアがしてきた。食材のほとんどはレティシアが食べるものだったが、毒が入っていたなんて初めて知った。

王家もそのことは承知していたはず。

ならば、リュカはいったい誰を狙っていたのか。

「せっかくこの僕が求愛の真似事までしてやったのに、悩むことすらしなかったよね。レティシア。あのとき、僕のところに来てれば、苦しまずに死なせてあげられたのに」

残念だよ、と笑う声にレティシアは唖然となった。

彼はジルベールに向けて暗殺を仕掛けていたのではない。

(私――? でも、どうして)

リュカに恨まれる理由に心当たりなんてない。

ジルベールはリュカの言葉を聞いても微動だにしない。

刺客も、毒入りの食材も、レティシアは気づかなかった。

「ジルベール様が守ってくださっていた……」

人知れず、彼はレティシアを狙う刺客を撃退し、毒入りの食材だけを間引いていたに違いない。優れた身体能力を手に入れた彼なら、毒の匂いを嗅ぎ分けることなど容易にできるからだ。食料庫の備蓄を切らさないように言ったのは、ジルベールが検分する時間を作るためだったに違いない。

ジルベールを守らなければと思っていた。

けれど本当は、ずっと守られてきたのは自分だった。

「さて、お喋りはここまでにしよう。あとは兄上とゆっくり語らいたいから、お前はそろそろ死んでくれるか？」

リュカが指で合図を送ると、ゲルガがレティシアたちを取り囲んだ。

赤色の目が、レティシアたちを見ている。

「あ……」

あのときと同じだ。

ゲルガが息を吐くたびに、魚が腐ったときのような強烈な腐敗臭がする。視線の位置が昔よりも低く感じられた。

いくらジルベールでも、三頭同時に相手にするのは無茶だ。

（どうしたらいいの？）

縋りたい気持ちを堪え、背中に触れていた手を放した。

猟銃を取りに行きたくても、それまでにゲルガの餌食になってしまうのは目に見えていた。彼らはレティシアが遭遇した前脚の折れた母親とは違う。

むき出しの牙から涎が垂れている。血走った目は、レティシアたちを獲物としか認識していないに違いない。

ジルベールが低いうなり声を上げた。

彼らは一瞬、ひるみはしたものの、すぐに殺気を取り戻していた。

(おかしいわ)

明らかに以前とは違う行動をレティシアは訝しんだ。

「興奮剤を投与したのか」

「そう！　異国から仕入れた新薬だ。純度も高く、効能もいい。僕のお気に入りさ。これがあれば、恐怖心は消えるからね！」

「げすだな」

ジルベールが唾棄すると当時に、一頭が飛びかかってきた。

「きゃ……っ！」

襲いかかってくるゲルガの頭を長い脚で蹴り飛ばすと、ゲルガが真横に吹き飛んでいった。

「ギャン！」

木の幹にしたたかに背中を打ち付けたゲルガは、口から泡を吹いた。

「あ～ぁ、ひどいことをするなぁ。こいつらを躾けるために、何人食わしたと思ってるん

だ？　餌代だって馬鹿にならないんだよ」

　ぼやくリュカに悪びれた様子はない。

　人間を餌と断言できるのなら、彼は狂っている。

「でも、おかげで周りが静かになったよ。母上も、兄上に執着する令嬢も、こいつらがみんな食べてくれた。どう？　ひどいことを。それでも人なのですか!?」

「な……んて、ひどいことを。それでも人なのですか!?」

「お前は黙ってろよぉぉっ!!」

　たまりかねて声を荒げれば、狂ったようにリュカが怒鳴った。

「僕が一番こいつらに食わせたいのは、お前なんだよ！　レティシアっ!!」

「──ッ」

　鬼気迫る迫力に、身体が強ばった。

「いいから、黙っていろ。刺激するだけ手に負えなくなる」

「ほらぁ！　そうやって、すぐ兄上に庇われようとするっ。そこは、ずっと前から、僕の場所だったのに!!　なぁに勝手に奪ってるんだよっ！　さも自分のもののような顔してるんだよっ!!　いい加減にしろよっ。お前みたいな平凡な女、あのときゲルガに食われちまえばよかったんだ！　自分から穴蔵に入っていくような間抜けなお前が、兄上の側にいるなんて、考えただけで吐き気がする!!　あぁぁぁぁ――ッ!!」

手で両頬をかきむしり、リュカは雄叫びを上げた。

皮膚が擦れ、血が滲んでもリュカはお構いなしだ。

狂ってる――。

「やれ!　レティシアを食い殺せ!!」

残りの二頭が飛びかかってくる。ジルベールが一頭の首を摑むと、力任せにもう一頭へぶつけた。なぎ倒された二頭は重なるように地面に倒れた。

「なんて力だ――、素晴らしいよ……っ、ぁぐ!?」

歓喜を叫ぶリュカの顔面をジルベールが鷲摑みにした。そのまま片手でリュカを持ち上げる。

「な……んで、だ」

「群のボスを仕留めるのは鉄則だろ」

「ふ……く、はははは!!　最高だ!　傑作だよっ!!　このときを待ってたんだ!!」

その直後だった。

レティシアは左腕に鋭い痛みを覚えた。

「痛――、何……?」

振り返り、それがゲルガの爪だと知る。

「きゃあ……ッ！」

「レティシアっ!?」

地面に突っ伏したはずの一頭が、レティシアへ腕を伸ばしていたのだ。

ゲルガの爪には毒がある。

「き……さまぁ――っ!!」

リュカを放り投げるなり、怒声を上げて、ジルベールがゲルガを殴り飛ばした。おかしな方向に首が捻れたゲルガが、全身を痙攣させ白目をむいている。

「は……ははっ、これで終わりだ！ レティシアは助からないっ!! よかったねぇ、兄上！ これであなたの心を惑わす悪魔はもういなくなるよ!!」

「ふざけるなっ!! レティシアは俺の番なんだっ！」

「これ、な～んだ」

リュカがこれ見よがしに上着を広げてみせた。

裏側にびっしりと縫いあてられていたのは、爆薬だった。

「兄上は知ってたかい？ 離宮の地面にはここを吹き飛ばせるだけの爆薬があらかじめ備えつけられてるんだ。確実に兄上を仕留められるようにね！ これで、僕たちは新しい世界に行ける。兄上、一緒に行こうっ!!」

　瞠目するジルベールが、レティシアを反射的に振り返った。

「逃げろ、レティシア!!　急げっ」

「だ、だめ……。ジルベール様を置いてなんていけないっ!!」

「だったら、お前はここで死ねばいいよっ！」

　リュカの声に、倒れていたゲルガが反応する。身体を起こしかけるのを、ジルベールが身体で押さえ込んだ。そんなジルベールの脇腹にリュカが短剣を突き立てた。

「いやぁぁぁ――ッ!!　ジルベール様っ！」

　白いシャツがみるみる赤く染まっていく。

　それを見て、リュカが歓喜した。覆い被さるように縋りつき、ジルベールの身体に頬ずりする。

「あぁ、兄上――」

　恍惚の表情を浮かべるリュカには、ジルベールしか見えていないのだろう。彼と共にあれるのなら、死の世界でもいいのだ。

「やめて、リュカ様！　ジルベール様を連れていかないでっ!!」

「レティシアっ、行け!!　走るんだっ！」

「できないっ、ジルベール様をおいていくなんてできないわっ！」

涙声で叫び、ジルベールに手を伸ばす。が、ゲルガが牙をむいているせいで、ジルベールに触れない。

「どうして……、どうすればいいの！」

「レティシア……聞け。側にいると言ってくれて、嬉しかった。お前だけが俺に居場所をくれた。レティシアを望んだのは、責任を取らせたかったからじゃない。惹かれてたからだ。レティシアのまっすぐな優しさに癒やされていたかった。お前がいてくれるだけで、俺は幸せだったたんだ」

「いや……そんな話しないで。聞きたくないっ！」

まるで、これが今生の別れのような口ぶりではないか。

リュカが懐からマッチを取り出した。

「やめてぇ……っ、リュカ様！　ジルベール様を殺さないでっ！」

「行け、行くんだ！　必ずお前の下へと還る。会いに行く。だから、生きて待っていろ」

「行かない！」

「俺の望みならなんだって叶えてくれるんだろっ！　それがレティシアの覚悟だったろっ！」

「――ッ!!」

叱咤する声に、何も言えなくなった。

ジルベールが望むことなら、なんだってしたい。

それがレティシアの覚悟だった。

泣きながら、レティシアは立ち上がった。涙で視界がにじむ。ジルベールがうまく見えない。

「ジルベール……さま……」

「そうだ、行くんだ。走れ、振り返るなよ。行け、行け!!」

せき立てられ、レティシアは断腸の思いで踵を返した。

温室を飛び出し、獣道をひた走る。

木の根に何度も躓きかけながらも、決して振り返らなかった。それがジルベールの願いだからだ。

（ジルベール様、ジルベール様……っ）

獣道を抜け、舗装した道に飛び出した。

すると、一台の馬車が近づいてくるところだった。

「レティ!?　どうしたの」

馬車から飛び出してきたティポーは、レティシアの様相に血相を変えた。

「あぁ……っ、ティポー！　ジルベール様が……」

そのときだった。

離宮から爆音が轟いた。

熱風に森の木が揺れる。レティシアを庇うようにティポーが覆い被さった。

「――嘘、だろ……」

絶句するティポーの下で、レティシアは絶望に泣いた。

「いやぁぁぁ――っ!!」

終章　約束の果て

離宮の爆破は、軍事練習という名目で国民に公表された。

破壊された離宮からは、獣と人間の焼死体が回収されたが、損傷が激しく身元は分からなかった。

レティシアは今、王宮に保護されている。

事態を重く見た国王は、レティシアに詳細を語るよう求めた。だが、レティシアもまた、ゲルガの毒に侵された身だ。

尋問する時間は限られ、捜査の進展は芳しくなかった。

レティシアの治療にあたっては、ティポーが専属医師となった。

「体調はどう？」

厚いカーテンで日の光を遮った部屋は薄暗く、陰湿さが漂っていた。

ベッドの住人と化したレティシアは、ティポーの呼びかけにかろうじて視線を上げるも、すぐに塞ぎ込んだ。

ジルベールの安否がわからない日々を生きるのが苦しい。

魂を半分もぎ取られたかのように、なんの気力も湧いてこなかった。

生きろと、彼は言った。

それがジルベールの望みだった。

だから、意味のない命を繋いでいる。

こみ上げる涙が頬を濡らす。わななく唇を噛みしめ、レティシアはただジルベールの生存だけを祈った。

（……生きていて）

レティシアは、あの日から誰とも口をきかなくなった。

なぜリュカが離宮にいたのか。ジルベールはどういう状態だったのか。

あの日、何があったのか。

また十一年前の繰り返しだった。

六年ぶりに会った父ですら、レティシアとの再会より、王族二人を巻き込んだ爆破事件の真相解明に躍起になっていた。

レティシア自身、現実を受け入れられないでいるのに、どうして他人に話すことができるだろう。最後に見たジルベールの姿を思い出すだけで涙が溢れてくる。

言葉にしたら、彼らは口を揃えて言うだろう。

「ジルベールは死んだだろう」と。

言葉にしたら、それが現実になる気がするからこそ、レティシアは固く口を閉ざした。

あれが今生の別れだなんて、絶対に信じるものか。

あれから、半年。

季節は、新緑が眩しい初夏になっていた。

レティシアは、王宮からティポーの所有する別邸へと移された。

王宮は、直系の王子を失ったことで、次期国王の座を巡って混沌としていた。彼らの関心は事件の真相よりも、次の国王に移りつつあった。

それもこれも、依然として真実を知るレティシアが口を閉ざし続けているからだった。

今日も、歯が一本抜けた。

いずれ、同じ場所から鋭い牙が生えてくるのだろう。

獣化していく現実をまざまざと感じるほど、レティシアはベッドの中で喜びを覚えていた。

(もうすぐジルベール様と同じになれるんだわ)

たとえ獣堕ちしてしまっても、後悔は微塵もない。むしろ、惰性で生きているだけの命を終えることができるなら、本望だった。

ジルベールの消息は依然として不明のままだ。

そして、レティシアはもう起き上がることもままならなくなっていた。

最愛の人を失った今、レティシアに生きる理由はない。

心が衰えれば、比例して体力も落ちていった。獣化の症状はレティシアを苦しめ、今は薄暗い部屋に寝かされている。

太陽の光も、人間の食事も受け付けない身体は、ただ死を待つだけとなっている。

(ジルベール様、今どこにいらっしゃるの……)

ティポーに余命わずかだと診断されたが、死への恐怖はなかった。

侍女を一人付けられ、ただ命が潰えるのを待つだけのレティシアは、生気を失った人形のようだった。

運ばれてくる生肉にも、なんの興味も湧かない。誰にも咎められない代わりに、誰からも心配されなくなった。

部屋の至る所に、血色のバラが飾られていた。

ジルベールが嫌いだったバラを飾ることで、レティシアの獣化を抑えようということなのだろう。

離宮を彷彿とさせるバラの匂いが不快なのに、懐かしさで心は不思議と穏やかだった。

事件直後は、さまざまな関係機関の役人がレティシアの許を訪れていたが、今はティポー一人だけ。

彼は診断という名の雑談をしに足を運ぶ。ある日、彼の肩に見慣れた鳥が一羽止まっていた。足に伝書を入れる筒をくくりつけてあるそれは、よく離宮の上を飛んでいた鳥によく似ていた。

「遺体はリュカ様のものだと結論づけられたよ」

半年経って、ようやく焼死体の身元が判明したというのに、レティシアの胸にはどんな感情も広がりはしなかった。

反応のないことは想定ずみのティポーは、軽く苦笑した。

雑談というのは、相手がいて成り立つもの。

ここでする会話は、すべてティポーの一人言も同然だった。

「ジルベール様の行方は分からない。あの爆破で完全に消息が途絶えてしまった」

遺体が出ていないだけで、生死はいまだ不明のまま。

誰もジルベールの生存はないと思っている。

「レティは何か感じる……？」

レティシアは窓の外を眺めていた。

「これはね、ジルベール様が準備を進めていたものなんだ。ぜひ君にも見てほしいと思って」

そう言って、差し出されたのは、書類の束だった。

「前に、舞踏会へ行っただろう？　あのときの衣装は、実はジルベール様がすべて指示したものだったんだ。資金も彼が出した。僕じゃ、とてもあれだけのものは準備できないからね」

懐かしい話題に、レティシアはティポーへと視線を向けた。

ようやく目が合ったことに、ティポーは一瞬面食らった。

「そ、それでね。特に注文が細かかったのは、君の衣装なんだ。どうしても、レティ、君を綺麗に飾り立てたかったんだね。どうしてだかわかる？　君の社交界デビューの代わりにしたかったんだと思うよ。だから、衣装は純白にこだわってたんだ。送られてきたドレスの指示書、見る？」

ポケットから出した小さな用紙は、レティシアが伝書鳩に使っていたものと同じ手のひらに収まるほどの大きさだった。そこには、両面に綺麗な文字がびっしりと並んでいる。ドレスの生地に、刺繍を入れる箇所、散りばめる宝石の種類、フリルが重なる長さまで書かれてあった。

「ジルベール様もあなたと連絡を取っていたのね」

伝書鳩の役目を担っていたのは、ティポーの肩に停まっている鳥なのだろう。

「すごいだろ？　そのくせ自分の衣装はたった一行だった。〝黒で獣〟だったかな。まぁ、ジルベール様からは支度金を預かっていたし、なんの心配もなかったけどね」

あのときは、ティポーに散財させたことを申し訳なく思った。

しかし、彼はすべてジルベールが出したと言った。

「……ジルベール様はお金なんて持っていなかったわ」

死んだものとされている彼に与えられたのは、離宮とレティシアだけだ。生活はすべて王宮から運ばれる物資で賄われていた。外に出ることもないレティシアたちにとって、お金は生きるために必要ではなかった。

それなのに、どうしてジルベールは、あれほどのドレスを準備することができたのだろう。

半年ぶりに口をきいたことに、ティポーは唖然となっている。

見つめると、慌てて話し始めた。

「……え、えぇと！　そ、それはね」

そうして聞かされたのは、ジルベールが密かに事業を展開していたという事実だった。

彼は、ティポーを使って、秘密裏に資産を蓄えていたという。

研究一辺倒のティポーは新薬を作り出すことはできても、流通させる術を持っていなかった。それをジルベールが補うことで、彼は財を得たのだ。

「ジルベール様は、いずれこの国を出国するつもりだったんだ。君と……二人で、自分たちのことを知らない場所へ移住する計画を立ててたんだよ」

獣堕ちをした四年間は、そのための基盤を整える時間だったのだ。

リュカたちの襲撃にあう前に話していた夢物語を、ジルベールは現実にしようとしていたのか。

ティポーの声がどんどん涙声になっていく。

彼もジルベールの身を案じているのだ。

「私だけ何も知らなかったのね」

二人のことなのに、どこまでも蚊帳の外であったことが心を重たくさせた。

「違うよ……そんなに悲しい顔しないで。ジルベール様はね、君を守りたかったんだ」

王家はジルベールを見放したが、リュカのジルベールへの異常な執着は、レティシアへの殺意へとすり変わった。六年間で数えきれないほどの刺客を送っていたのだ。レティシアがそのことを知らないでいたのは、すべてジルベールが秘密裏に始末してきたからだ。

実は自分の命が狙われていたことも、ジルベールが守っていてくれたことも、レティシアは何も知らずに生きていた。

何も気づかない中で、ジルベールを守っている気になっていた。

彼の望みを叶えることこそ、レティシアができる唯一の贖罪だと思っていた。けれど、……はたしてそうだったのだろうか。

「リュカ様は寂しかったのね」

レティシアたちが抱いた孤独を、彼もまた持っていたに違いない。それなのに、自分だけのけ者になったことでジルベールへの親愛がねじれた形になってしまったのだろう。

いつジルベールが刺客を始末していたのか。

それこそ、レティシアがうたた寝をしていた昼間以外、ない。

思えば、ときおり乱暴になっていた行為の翌日は、レティシアは深く眠っていた。もしかしたら、ジルベールは行為の最中でも殺意を感じていたのだろう。

ジルベールが思い描いていた未来を、叶えたかった。

誰も自分たちのことを知らない場所で暮らすこと。

レティシアに勇気さえあれば、叶った願いだったのかもしれない。少なくとも、ジルベールはそのための準備を整えていた。

未来を見ていなかったのは、レティシアだけだったのだ。

「体調に変化はない？」

優しい問いかけに、レティシアは無言で首を振った。

自分はなんて臆病で意気地なしだったのだろう。

崖の上からの景色だって、レティシアが望めば見ることができたのに。

（どんな風景が広がっていたのかしら）

ジルベールが見ていたものを、彼の隣で見てみたかった。

今となっては、もう叶わぬこと。

現状を諦めて、生きるためにあがこうとしてこなかった。

そんなレティシアを側で見ていたジルベールは、歯がゆかったに違いない。

彼が聞きたかったことを、自分はどの程度言葉にできていただろう。

（ジルベール様は私に何を求めていたの？）

そんなことすらわからないことに、今まで気づけなかった。

——変わりたい。

我慢するのではなく、次に会ったときは気持ちをあますところなくジルベールに伝えたい。

獣化は進んでいる。ゆっくりとレティシアの命を脅かしてはいるが、自我を保っていられるのは、ジルベールのおかげだとティポーは言った。

長年、ジルベールの体液を搾取し続けたことで、レティシアの身体にも何かしらの変化が起こっているのではと言うのだ。

しかし、レティシアは毒を克服することはできなかった。

もうまもなく命の火も消えるだろう。

(早く会いたい)

日が暮れ、夜になると、漂う空気も随分と澄んでくる。

レティシアは、昼間よりも夜の気配が好きになっていた。

なぜジルベールが夜の散歩が好きだったのか、今ならわかる。

昼は、生き物が活動するだけで匂いが混ざるのだ。

気怠げな身体を横たわらせながら、見るともなく細い月が浮かぶ空を眺めていた。

ティポーがいつ部屋を出たのかも覚えていない。考えているうちに眠ってしまったからだ。

もう思考を巡らすことにすら疲れてしまうようになっている。

今夜は濃い霧が出ていた。

(外の景色が見たいわ)

いつもはそんな気も起きないのに、今夜は不思議と意欲が湧いた。すると、力が入らなくなっていた腕を動かすこともできた。ゆっくりと身を起こし、中庭に視線を向けた。

ふと人影を見た。

身体を起こし、窓を開ける。赤いバラの向こうに、美しい青年が佇んでいた。

月の明かりを集めて編んだみたいな銀色の美しい髪が、風になびいている。

(——あれは)

妙に身体が軽い。

ベッドから抜け出し、裸足のままテラスの扉を開けて中庭へ出た。

夜風がレティシアの長い髪を揺らす。

辺りを見回すも、ジルベールらしき人の姿は消えていた。

(確かにいたはずなのに――)

見間違いだったのだろうか。

あまりにも焦がれすぎて、ついには幻覚まで見るようになってしまったのだろうか。

そっと一歩を踏み出す。

(それでもいい)

幻覚だろうと、夢の中だろうと、もう一度ジルベールに会いたい。

レティシアはジルベールを探して、中庭を歩き出した。

バラの花びらが夜風に舞っている。

倦怠感を催す香りなのに、不思議と今夜はとても気分がよかった。自由に歩き回ったのはいつ以来だろう。背中に翼が生えたみたいに身体が軽く感じられる。

(自分の身体じゃないみたい)

足はレティシアの意思に関係なく進み続ける。まるで、行き先を最初から知っているかのように淀みはなかった。

(大丈夫、怖くない)

どこへ向かっているのかは、ちゃんと感じて知っていた。

一瞬、風が強く吹き、バラの花びらが舞上がった。

腕をかざし、風をやり過ごす。薄目を開けると――。

「ジルベール様!」

現れた愛しい人は、銀色の光をまとい輝いていた。

レティシアが腕を伸ばすと、ジルベールもレティシアをさらうように抱きしめた。ようやく会えたことに涙が零れた。

「会いたかった」

必ず会いに来てくれると信じていた。

でも、やっぱり寂しかった。

そう伝えれば、ジルベールが穏やかに微笑んだ。

優しい手つきで、顔を撫でてくれる。

うっとりと愛撫に目を細めながら、レティシアは花が咲くように微笑んだ。


――愛してるよ。

ジルベールがレティシアの指先に口づけた。

「連れて行って」

彼の望みどおり、誰も自分たちを知らないところへ、二人だけで行こう。

愛する人と、二度と離れずにすむように。

（私たちは番だもの）

ジルベールがレティシアを抱き上げる。

そうして、二人は霧の中へと消えていった。

あとがき

こんにちは、宇奈月香です。

このたびは『愛に蝕まれた獣は、執恋の腕で番を抱く』をお手にとってくださり、誠にありがとうございました。今回のヒーローは獣です。正確には獣になった王子です。

最後までお読みくださった方の中には「ん??」と思われた方もいらっしゃると思われますが、ご想像になったものがその方にとってのこの作品のラストだと思っています。

私は、毎回ヒロインは可愛い子がいいなと思って書いているのですが、今回のヒロイン・レティシアは猟銃をぶっ放すし、腕を噛まれてもジルベールを毅然と守る、なかなかハートの強い子でした。その分、快感にとろとろになっているところも可愛く、書いていてとても楽しかったです。

明るい物語も好きなのですが、ねっとりとした闇がまとわりつくような作品も好きで、今回の二人の恋愛模様は、まさに夜のしじまにひっそりと身を隠しながらも、激情と劣情に悶えながら愛を求め合う、そんな物語だったのではないでしょうか？

この世界観を素敵なカバーイラストと挿絵で表現してくださった園見亜季先生、誠にありがとうございました。

皆様、ご覧になられましたでしょうか？

カバーイラストのジルベールの指。ジルベールに身も心も委ねきっているレティシアの表情、エロスを感じます。最高です。

作品を出すにあたり、お世話になった皆様、ならび担当様にこの場をかりてお礼申し上げます。ありがとうございました。

あとがきまで読んでくださった皆様。お手にとってくださりありがとうございました。


最後になりましたが、ソーニャ文庫様創刊十周年おめでとうございます。記念の年に作品を出させていただけたこと大変嬉しく思っています。ありがとうございます。

宇奈月　香

Sonya
ソーニャ文庫

この本を読んでのご意見・ご感想をお待ちしております。

◆ あて先 ◆
〒101-0051
東京都千代田区神田神保町2-4-7 久月神田ビル
㈱イースト・プレス　ソーニャ文庫編集部
宇奈月香先生／園見亜季先生

愛《あい》に蝕《むしば》まれた獣《けもの》は、執恋《しゅうれん》の腕《うで》で番《つがい》を抱《だ》く

2023年4月6日　第1刷発行

著　　者　宇奈月香《うなづきこう》
イラスト　園見亜季《そのみあき》
装　　丁　imagejack.inc
発 行 人　永田和泉
発 行 所　株式会社イースト・プレス
〒101－0051
東京都千代田区神田神保町２－４－７ 久月神田ビル
TEL 03－5213－4700　FAX 03－5213－4701
印 刷 所　中央精版印刷株式会社

ISBN 978-4-7816-9744-4
定価はカバーに表示してあります。